U0924448

THE LION ABOVE THE DOOR

追寻金狮的孩子

[英] 昂加利·Q. 劳夫 著
洪丹莎 陈拔萃 译

ONJALI Q.RAÚF

北京联合出版公司
Beijing United Publishing Co.,Ltd.

图书在版编目（CIP）数据

追寻金狮的孩子 /（英）昂加利·Q. 劳夫著 ; 洪丹莎，陈拔萃译. -- 北京 : 北京联合出版公司，2023.8（2024.2 重印）

ISBN 978-7-5596-6924-7

Ⅰ. ①追… Ⅱ. ①昂… ②洪… ③陈… Ⅲ. ①儿童小说一长篇小说一英国一现代 Ⅳ. ① I561.84

中国国家版本馆 CIP 数据核字（2023）第 086917 号

北京市版权局著作权合同登记 图字：01-2023-1934

追寻金狮的孩子

作　　者：［英］昂加利 · Q. 劳夫
译　　者：洪丹莎　陈拔萃
出 品 人：赵红仕
责任编辑：徐　樟
封面设计：吴黛君

北京联合出版公司出版
（北京市西城区德外大街83号楼9层 100088）
北京新华先锋出版科技有限公司发行
大厂回族自治县德诚印务有限公司印刷　新华书店经销
字数145千字　620毫米×889毫米　1/16　14印张
2023年8月第1版　2024年2月第3次印刷
ISBN 978-7-5596-6924-7
定价：49.00元

向勇敢者致敬！

向上百万英勇的男性和女性致敬！

他们为了保护世界人民，

英勇战斗，壮烈牺牲。

他们的名字和故事值得铭记。

献给母亲、扎克以及先辈们。

永远爱你们！

当这残暴的战争把铜像推翻，
或内讧把城池荡成一片废墟，
无论战神的剑或战争的烈焰，
都毁不掉你的遗芳的活历史。

——威廉·莎士比亚[1]

今天又堆积在你脚下，
那已不能再给你任何感觉了，
所有人的爱情都已成为过去与永恒……

——泰戈尔[2]

[1] 本段节选自莎士比亚十四行诗第55首，此处引自梁宗岱的译本。

[2] 本段节选自泰戈尔的诗歌《爱无止境》。

目　录

C　O　N　T　E　N　T　S

令人期待的旅行

“太好啦！明天要去旅行！你填好报名表了吗？真希望在礼品店里能买到好东西。有的礼品店只卖小橡皮和小尺子，还有特别无聊的大人用的东西，就像茶巾之类的。我最讨厌那些店了。但有人就喜欢收集茶巾。真搞不懂。难道他们要把茶巾镶起来挂在墙上，像美术馆展示艺术品那样？就是有这么奇怪的人……”

桑吉塔看了我一眼，确认我还在听，就接着说了下去。如果我不打断她，她一定会滔滔不绝地说个没完。我爸爸说，桑吉塔唠叨起来，连拉磨的驴都受不了。我觉得不只是驴，任何四条腿的动物都会恨不得把自己的耳朵切下来。难怪她一直想养猫，但她的父母却只允许她养宠物鱼。

“嘿，你认识凯蒂吗？莎拉？还有汤普森老师班上那个没牙的汤姆？他们早就去过明天要去的那个大教堂了，好像是去听音乐会的。他们说那里有一块石板上刻了一句脏话，就在教堂正门的地上。真好奇是什么。你说牧师知不知道这件事？真希望明天能看到……哦哦哦！铃响了！冲！看谁跑得快！”

桑吉塔大步朝校门奔去，亮黄色的雨靴仿佛带着泥水的黄色闪电，两条长长的黑色辫子在空中甩动着。

比起讲话，桑吉塔更热衷竞赛。她不仅喜欢和别人赛跑，还喜欢比谁脑子转得更快。课堂上，当大家一起阅读时，她总争着第一个读完；当老师提问时，她也是第一个举手回答。我甚至怀疑，即便独自一人，她也会和自己较劲。我们俩能成为朋友是一件非常奇怪的事，因为我们的性格太不一样了。但在整个学校里，只有她和我外貌相似，所以性格上的不同就显得不那么重要了。

我全速跟在她身后，突然，不知谁伸脚绊了我一下。我对这样的事已经习以为常，所以没有摔倒，而是顺势趴到了一面墙上。

“看着点儿，筷子头。”托比小声说着，瞥了四周一眼，确保没人留意后，用力推了我一把，然后跑开了。

哈利跟在托比后面，他一直当我是透明人，从来不正眼看我。凯瑟琳在一边咯咯地笑起来。

我和往常一样无视他们，走向教室。

“好了，回到座位，准备上课！马上！”斯科特老师大吼着，用拳头砰砰地捶打着桌子，让大家安静下来。他似乎很喜欢捶桌子，所以他的手总是红彤彤的，像沾上了一坨覆盆子果肉。

教室里的脚步声和吵闹声渐渐平息下来。斯科特老师背靠讲台，拿起一块写字夹板。现在，那个让所有人好奇了一整天的悬念即将揭晓——谁将参加明天的旅行？而那些父母没有在报名表上签字的同学，将不能去旅游。真是太残酷了！

“好了。”斯科特老师举起夹着名单的写字夹板。

大家都想赶紧看清纸上的名字，于是不约而同地眯起眼睛，就像在进行视力测试。可惜字太小了，实在看不清。

斯科特老师将写字夹板一翻，现在只有他自己能看见名单了。我将手藏在课桌下，紧紧地交握在一起。虽然爸爸妈妈已经答应让我参加这次旅行，但父母的话总是让人不敢完全相信，更何况是一对总是忘记轮到谁接孩子、还经常迟到的父母。

“戴维、凯瑟琳、托比……”斯科特老师大声念着名字，“你们的家长没有在今早时间截止之前把表格发回来，所以明天你们只能留在学校里。”

所有人都转头看向他们。真是太可怜了！他们要被迫承受本校最可怕的折磨——和登比老师共处一室！登比老师是全校唯一认为莎士比亚比迪士尼乐园有意思的老师。他总是穿着一件 T 恤，上面印着：对迪士尼乐园说不！对莎士比亚说好！

“老师，凭什么利奥和桑吉塔能去，我却不能？”托比不服气地大喊道，“他们可能连进入教堂的资格都没有！而且，我的曾祖父经历过战争，他们的曾祖父可没有！所以，我比他们更应该去！”

“就是！”凯瑟琳眼圈都红了，泪眼汪汪地附和道。

同学们又纷纷转过头来看我和桑吉塔。我们昂着头，直直地盯着斯科特老师，就和每次被人注视时一样。外表和别人不一样就麻烦在这儿——总会有人不喜欢你，当你能做一些他们做不了的事情时，他们对你的恶意就更多了。

“因为他们的父母允许他们去，而你们的父母不允许你们去。”斯科特老师把写字夹板重重地摔在讲台上，“还有问题吗？”

托比恶狠狠地瞪着我和桑吉塔，仿佛他所遭受的不公平待遇都是我们两个人害的。他痛苦地摇了摇头，然后捂住脸，发出一声低沉的咆哮。戴维委屈地吸了吸鼻子。凯瑟琳则抱臂在胸前，愤怒地瞪着身边的一切，连天花板也不放过。

“好，现在我说一下明天的纪律……”

斯科特老师走到白板前，拿起一支亮红色的马克笔，写下一串硕大而刺眼的红字，看起来就和他现在吼出的那一串话一样愤怒。

“不准推人，挤人，打人！不准自作聪明，无论是在英国皇家空军博物馆，还是在大教堂！不准故意甩开同伴，或者假装忘记自己的同伴是谁！亚当和伊夫琳——我在看着你们呢！不准擅自离开或者混到其他学校的队伍里去——克丽和克里斯蒂娜，我会留意你们的。不准携带大量现金。不准提唐突的问题……来，谁能告诉我，‘唐突’是什么意思！”

迅速举手的还是以前那三个人。

“加里，你来说？”斯科特老师点名道。

加里缓缓放下手，满脸通红地说：“意思是发生在……很短的时间里？”

桑吉塔在空中挥舞着手。

“不对，你说的是‘突然’，”斯科特老师回应道，“桑吉塔？”

“意思是对待比自己年长的人时行为粗鲁，不尊重他们。”说完，桑吉塔朝我露出灿烂的笑容。我们都知道她为什么会如此了解这个词的含义。她的爸爸妈妈、叔叔阿姨和祖父祖母每天都会告诉她“不准唐突”。

“没错，”斯科特老师说，“只要大家没有唐突的行为，都能遵守纪律，那么我就不会吼你们。也许我们都能享受一年中最美好的一天。也许校长很快又会让我们去旅行了。”

“真好哦！”托比大声地自顾自说道，“她会让我们再去一次那个傻不拉几的水果农场！”

大家都在偷笑。那是我们外出郊游时最常去的地方。我们的学校在一个偏僻的村子里。每次去农场看农夫干活，老师们都会向我们保证——这将是一次激动人心的学习体验。可事实上，我们一点儿也不激动，也没有学到什么新的东西。正因为如此，大家对明天的旅行倍感期待。这可是我们有史以来第一次坐上真正的大巴车，进入真正的城市，看到真正的博物馆！有可能的话，我们还会看到真正的大型糖果店，不是那种既卖蔬菜又兼任邮局的小店。

“好啦，孩子们，我知道咱们这儿是郊区，比较偏僻，但我们应该为我们的农场和农业感到骄傲，”斯科特老师严肃地说，“大部分同学的家长都是靠经营农场为生的，你们忘了吗？

现在，请大家翻开书，我简单介绍一下明天这趟旅行的意义。”斯科特先生开始说起有关第二次世界大战[1]的故事，他说明天我们会在博物馆里学到更多详细的内容。

我翻开练习册，看着书里一张张黑白照片，照片中的人也在看着我。他们都是英国皇家空军的飞行员，面带微笑，围着围巾，穿着皮夹克或军装外套，外套上佩戴着由超大硬币制成的勋章。他们很像动作电影中的演员，连名字都是“亚瑟”“威廉”和“乔治”之类的，就像来自贵族家庭。也许只有那些看起来足够帅气、名字取得像王室成员的人，才能够奋战沙场，获得荣耀，并被载入史册吧。

我看向桑吉塔，她正忙着阅读斯科特老师发给我们的任务单，争取第一个读完。她的脸几乎要贴到任务单上了，嘴里还念念有词，看起来就像一条在自言自语的鱼。她刚读完就扭头看向我，皱起了眉头。

“怎么了？”她问我。

“你知道你曾祖父的名字吗？”

桑吉塔的眉头挤在一起。“我的曾祖父？呃……不知道，”她说，“但应该是辛格什么的。我家族里每一个人的名字都带有‘辛格’两个字。真是太单调了。”

接下来的时间里，我一直在好奇自己的曾祖父会叫什么名字。反正一定不像书里面的军人那样，叫“亚瑟”“威廉”或

[1] 德、意、日法西斯国家发动的人类历史上空前规模的世界战争。先后有60多个国家和地区、20亿以上的人口卷入战争。——译者注（后文同。）

者“乔治”。

“没错！八点三十分，在校门口集合，”快放学时，斯科特老师在班里大声宣告，“不是八点三十一！也不是八点三十二！是八点三十！还有，记得告诉你们的父母，所有的零用钱都要装进信封里，信封外面要写上名字和金额总数，然后交给我！每个人最多只能带 5 英镑。如果被我发现带多了，那你就一毛钱都别想花！”

“这也太搞笑了，”桑吉塔一边低声说，一边麻利地把练习册塞进书包，准备抢在所有人之前冲出教室，“5 英镑够买什么？可能一支铅笔就要花 2.5 英镑！这个学校根本不知道礼品店里的东西有多贵！”

同学们都在发着相同的牢骚，大多数人——包括我和桑吉塔——都在研究怎样才能多带几个硬币。克丽说她打算把所有钱都用胶带贴在肚皮上。亚当肯定会把硬币藏袜子里，所以明天他走起路来一定是一瘸一拐的。有一次，斯科特老师在他的一只袜子里发现了三颗玻璃弹珠和一包口香糖。但那次之所以会露馅，是因为玻璃弹珠发出了碰撞声，还有他的脚散发出了水果的香味。我准备用最原始的办法——把我生日时收到的钱全都藏在笔盒里。万一斯科特老师看到我打开笔盒，也只会认为我是太热爱学习了。

“我要把私房钱塞进袖子里。”桑吉塔说。

我们朝操场外走去，桑吉塔的父母已经来接她了。她的父母总是来得很早，也会让我上车吃些零食，因为他们知道我的父母总是迟到。通常，我会得到一个比我的脸还要大的萨莫萨炸饺，或一个酥脆的炸洋葱饼。运气好的时候，我还能吃到一根大巧克力棒。

“这样行吗？”我刚问出口，就听到她妈妈按响了车喇叭。

“嘘！”桑吉塔赶紧压低声音，转过身来，以防被坐在车里的妈妈发现她的小秘密。只见她卷起校服袖子，里面用大银夹子夹着一张崭新的5英镑纸钞。“我今天已经试验过了。你瞧，行得通！没人注意到。我当着斯科特老师的面在洗手池洗手，他都没发现。”

“真妙。”我朝她咧嘴一笑，打算回头也试试这招。

“你也可以这么做。”桑吉塔转身朝她家那辆闪闪发亮的黑色轿车跑去，“快来！看谁先到！”

我拔腿就追，差一点儿追上她。桑吉塔先摸到了车门把手，得意地冲我笑了下，还吐舌头做了个鬼脸。接着她打开门，我们先后上了车。

“你好，利奥！要不要来一块？”辛格阿姨用悦耳的声音问道，“和以前一样，是全素的。”她递给我一个塑料盒，盒底垫着几张餐巾纸，纸巾上放了两块超大的三角形萨莫萨炸饺。

“谢谢辛格阿姨。”我拿起一块，桑吉塔拿起另一块。我们同时开吃，脸都快埋到炸饺里了。

“明天就要去旅行了，你们高不高兴？”辛格阿姨问道，给了我们一人一张纸巾。

我们点点头，正忙着嚼大块土豆和糊状的豆子。

“真好。”辛格阿姨说，“我和辛格叔叔从来没去过那个博物馆，我很期待你们回来后给我们讲一讲！”

我吞下一大口辣土豆，有一个疑问突然跳进我的脑海，又顺着嘴巴跑了出去。

“辛格阿姨，你认识的人里，有人参加过‘二战’吗？”

辛格阿姨扭过头来，皱着眉头看我。“唔……”她喃喃地说道，“事实上，我还真认识。在桑吉塔出生之前，我认识一个男人……”

“咦？妈妈！”

辛格阿姨翻了个白眼。“不要唐突地打断我说话，桑吉塔！”她摇了摇头，接着说，“他是我的邻居，年纪非常大了，曾在意大利打过仗，然后去了印度，还去过缅甸。和他聊天非常有意思。可惜，他很早以前就去世了。”

“他叫什么名字？”桑吉塔问道。

“乔治、乔治什么的……马歇尔？”辛格阿姨说道。

又是一个叫乔治的。我就知道！“你觉得他会不会是一位王室成员呢？”我问，想知道自己的秘密猜想对不对。

桑吉塔朝我皱了皱眉。

辛格阿姨大笑一声，说：“当然不是，怎么会有王室成员住在伯明翰的公租房里？啊！看，你爸爸来了。”

辛格阿姨短促地按了下喇叭后摇下车窗，向我爸爸招手。

“明天见！八点三十分！”桑吉塔说。我把剩下的炸饺全塞进嘴里，蹦下车去的瞬间，她又小声提醒了一句：“别忘了带夹子！”

我朝她笑笑，关上车门，朝爸爸跑去，牵住他的手。

“对不起，儿子，我迟到了。”他满脸通红，大汗淋漓，好像刚跑完一场马拉松，“工作走不开，你妈妈又跑到布里斯托尔去了。”

“没关系，爸爸。”我牵着爸爸的手，轻轻晃动着，和他一起往家走。我们慢慢穿过小镇，一路上，我能感觉到许多人在偷瞄我们；经过他们身边时，他们总会刻意小声说话。我已经习惯了。再说，我现在还有更重要的事情要做，比如，怎么把我所有的硬币换成 5 英镑纸钞，以及去哪里找一个银色的大夹子。

看不见的伤痕

“准备好了吗，利奥？”

我点了点头。妈妈把一个巨大的午餐盒塞进我的背包里。妹妹静怡坐在她脚边，正努力把泰迪熊玩偶的脑袋往嘴里塞。

“妈妈，我吃不了那么多，又不是去多远的地方。”我抱怨道。我需要留些空间给糖果！而且，我已经闻到背包里鸡肉卷散发出的味道了，估计一会儿整个车厢都会弥漫着这股味道。妈妈给我准备的午饭都是我爱吃的，但有时候，我希望她像其他家长那样，给我做一个简单的芝士三明治。

托比和凯瑟琳今天去不了无疑是件好事，因为他们一定会捉弄我。有一次，桑吉塔带了一个用西蓝花做的绿油油的蔬菜饼作为午餐，他俩就告诉全班同学桑吉塔在吃“绿妖怪”。接下来的两天，我们一直在向同学们解释那只是蔬菜饼。

“等你饿了的时候，你就会感谢妈妈了。”爸爸从厨房门口经过时说道。他如往常一样，在过道里的大镜子前站定。他总想为自己的黑色直发做一个新造型，但无论他怎么捯饬，头发最终还是会落回原来的位置。我们的头发是一个类型的——永远不会乖乖听话。

“爸爸，别挡路！我迟到了！”我的哥哥博大喊一声，从楼梯上一跃而下，像一块巨石轰然落地。

爸爸赶忙举起双手，后退一步，给博让出位置。博风一样冲出门外，“砰”的一声关上了门。

“这孩子！”妈妈嘟囔着跑向玄关。我跟在她身后，只见她抓起外套和包，另一只手抱起脚边的静怡，然后转过身来，在我额头上轻轻吻了一下。“和他戴叔叔一样，令人‘耳朵’痛。”

“妈妈，是令人头痛。”我纠正道，“不是耳朵。”

虽然妈妈在博出生以前就来到英国生活了，还是个超级聪明的科学家，但她仍旧经常说错话，有时还会写错单词！

“哦，他一说话我听着就烦，所以才说‘耳朵’痛。”妈妈说完，发出一连串不悦的“啧啧”声。她微微转过身来，把夹在腰间的静怡转向我，让我和她吻别。静怡睁大眼睛瞪着我，仿佛在警告我千万别这么干。明明才十个月大，还不会说话，倒是挺会表达自己的想法。

但我还是亲了她一口，结果她“啪”的一声，两只手同时拍在我的脸上。

妈妈心满意足地转向爸爸，给了他一个吻。接着，即便我就站在旁边，妈妈还是大喊道：“放学的时候我去接你，利奥，晚点儿见！”妈妈急匆匆地出了门，静怡在她怀里“咯咯”地笑。她“砰”的一声关上门，简直和博一模一样。

“真是有其母必有其子，是吧？”爸爸笑着说，“东西都准备好了吗？”

我紧张地摸了摸卫衣袖子，里面藏着一张用两个夹子夹住的5英镑纸钞。我没有冒险做别的。如果在别人家，或许用零花钱攒出一张5英镑是很容易的，但在我们家，零花钱不是随便能得到的。为了凑出一张5英镑，我答应博，我之后的生日礼金和午餐钱都归他，晚餐的鸡肉馅饺子也归他。我确认纸钞好好地藏在衣袖里，冲爸爸点了点头

爸爸走出门外，朝我招了下手，走到了街上。现在是早上八点零三分，也就是说，我们一定不会迟到。

我太激动了，小跑着跟上爸爸，一起向小镇的中心走去。

我们这个小村子和其他地处偏僻、仿佛凭空冒出来的小村子一样，有一家面包店、一家小型超市、一家药店、一家报刊店，还有一家酒馆。酒馆的名字叫“流浪天鹅”。我就没在这个村子周围见过天鹅！也许曾经真的有一只流浪的天鹅迷路后来过我们村吧？但它最后肯定因为忍受不了这个地方的枯燥乏味，又原路返回了，而且还告诉其他天鹅，没事千万不要往那个方向走。

这里还有一家从不开门的银行，以及一台从不运作的自助提款机；一个小火车站和一个公交车站，公交车站似乎永远都有那么两三个人在等车，无论白天还是黑夜。公交车一小时只

来两趟，晚上九点后就停运了。我要顺着大路走到村子的另一头去上学，就在这条路的尽头。之后这条路便会转向，汇入高速公路。一路上，我会经过一大片田野，田地里的庄稼长得比我都高。

经过商店、火车站和公交车站时，我和往常一样，低头看着地面，努力无视那一道道瞥向我和爸爸的视线。但我仍能感受到那些人的情绪，因为当他们看着我时，他们的能量会通过视线散发出来，就像超人发射的激光。反正桑吉塔是这么说的。她也总被人盯着看，所以很明白那种感受。

爸爸总对我说，人们看我是因为我很“特别”——“帅得让人受不了”。要这么说的话，那他也很“特别”，也“帅得让人受不了”，因为人们也总是盯着他看。大家的眼神并没有恶意，仿佛只是确认——长成这样的也是一个人，我也是个人，还有妈妈、静怡和博，他们也都是人。无论何时何地，我都能感觉到这样的视线。我们在哪里都会成为焦点，得到人们的特殊关照——他们和我们说话时会放慢语速，提高音量，因为他们总以为我们不太会说英语。为了不吓到别人，我们外出时会时刻注意自己的言行举止，可反过来，别人似乎并不关心，他们的言行是否会吓到我们。

“爸爸，你认识参加过‘二战’的人吗？我是说，咱们国家的，或者咱们家族的。”我问道。我们走在大道边，两侧铺满了田野。我看见凯莉和她奶奶、姐姐走在前面；再往前是托比，他自己一个人，边走边玩着一颗网球。

爸爸摇摇头。“不认识，但我知道咱们家族里曾有人在新加坡的工厂里工作，生产战时用品。但他们没有上过战场，也没有人战死。反正我没听说过。他们大部分人在我出生前就去世了，所以我没见过他们。为什么问这个？”

“哦……”我应道，心却沉了下去。也许托比是对的，我和桑吉塔确实不配参加这趟旅行，因为我们的家族里没有像他曾祖父那样的战斗英雄。

当我们走到校门口时，刚才的问题已经被我抛到了脑后。因为它出现了！一台漂亮的大巴车！就是那种车窗上挂了帘子、设备齐全的真正的大巴车！它看起来又大又豪华，就像一间移动的酒店，看着就比之前那辆去农场旅行时坐的白色迷你巴士舒服。

斯科特老师和惠特克老师一起站在高大的车门边上，还有许多穿着亮黄色马甲的家长志愿者，拿着写字夹板，向我们挥手致意，俨然一副巨星的模样。我们年级的同学似乎都到了，已经整齐地站成两列。其他年级的同学从我们身边经过时，都一脸羡慕地看着我们。一个六年级的男生大喊道：“加里！喂！加里！对，就是你！我是你哥哥的同学，记得吗？给我们带点儿巧克力棒回来！”

爸爸朝斯科特老师走去，将装了钱的信封交给他。我看到了桑吉塔，于是朝她跑去。她穿着最爱的亮蓝色长筒雨靴。无论天气多么炎热，或多么寒冷，她永远穿着长筒雨靴，这样就可以随时踩水或者踢足球了。她至少有十三双不同款式的雨靴。

我正准备给她看那张藏在袖子里的纸钞，突然，我的腿被什么东西砸中了，超级疼，就好像是被一颗明亮的小导弹射中。

“啊——”我痛得大喊，揉了揉被打到的地方，看到亮黄色的网球弹回了托比手里。

托比狡诈地笑了一下，又用力把球砸向我。我想躲开，但慢了一步。球砸中了我的手臂。趁网球还没有弹回去，我一把抓住球。

“老师，老师！他拿了我的球！”托比大喊道，“利奥偷了我的球！”

斯科特老师和爸爸同时转过头来看着我们，周围人都安静下来。

“怎么了？”斯科特老师长长地叹了一口气，仿佛感到非常疲惫。

“利奥拿了我的球！”托比又大吼一声，还用手指着我，好像怕斯科特老师不知道我是谁。

“是他先用球砸我的。”我也大吼回去。

“是吗？”斯科特老师皱着眉头，看着托比。

托比摇了摇头。

桑吉塔大声地说：“是的！托比用球砸了利奥——两次！还差点儿砸中我！”

“那是意外！”托比撒谎道。

斯科特老师将手伸到我面前，我把球递给了他。

“同样的意外不会发生两次，托比，”斯科特老师摇了摇头，

“走吧，去登比老师的教室！我要没收这个球，”他举起网球，补充了一句，“走，现在！”

我盯着斯科特老师，然后看向桑吉塔。托比故意用球砸我——两次！但他竟然不用留堂，老师也没有严厉地训斥他！我看向爸爸，希望他能做点儿什么，说点儿什么，比如把托比臭骂一顿！但爸爸就站在旁边静静地看着。一如既往。

斯科特老师一转过身去，托比就朝我坏笑，向我宣告胜利。接着，他跑进校门，消失在操场中。

我看着托比离开的方向，眼睛火辣辣的，脸颊发烫，喉咙干涩，仿佛刚被一大群愤怒的黄蜂叮咬过。

“很抱歉，利姆先生，托比这孩子……比较好动。”斯科特老师解释道，顺手把网球塞进包里，“需要人管教。”

“没关系，小孩嘛，很正常。”爸爸说，朝我眨了下眼睛，“玩得开心，孩子。”说完，他转身沿着来时的路离开了。他还要赶火车去工作。

不过几秒钟，一切都恢复平静。几分钟后，我们终于可以上车找位置坐下了。我想和昨天一样兴奋起来，但我一点儿也不开心，甚至还有些生气。腿上和手臂上的淤伤仿佛扩散到了胸口。托比肯定发现了，即便我被球砸中也没有人会在乎，他以后很可能会变本加厉！爸爸为什么会觉得这件事“没关系”呢？看到别人对我这么不友善，他为什么什么也不说？对那些糟糕的人，他为什么要保持沉默，甚至友好相待呢？难道我受伤了他都不在乎吗？

淤伤在我心中蔓延，我越想越难受。即便我们马上就要抵达真正的博物馆，见到真正的飞机，去到糖果店林立的市区参观大教堂，也无法驱散我心头的伤痛。有的伤口是无法在一天之内愈合的，更何况那些被一次又一次撕开的旧伤疤。

身边的同学们都在兴高采烈地聊着天，激动的低语萦绕在我耳边，只有我低头看着脚下。或许我心中那道隐形的伤痕永远都不会消失，除非我能遇到一件意外但无比美好的大事，美好到足以让我把受到的伤害通通抛到脑后。

但这样的美事怎么会发生在我们这种人身上呢。我们太格格不入了。就连那道伤痕也明白这个道理。

皇家空军博物馆

“到了！看谁最先下车！”桑吉塔兴奋地大喊道，捶了一下我的手臂。这很可能会给我留下今天的第二道伤痕。

其他同学还没反应过来，桑吉塔就已经麻利地解开安全带，兴奋地蹦起来了。但她忘了大巴车的车顶很矮，结果“咚”的一声撞到了脑袋。她立马又乖乖地坐了回来。看着她狼狈的模样，我差点儿笑出声。

“不许笑。”她小声警告我，朝我尴尬地笑了下，又揉了揉自己的脑袋。

“大家坐好！”斯科特老师大吼道，朝桑吉塔摆摆手，“等我叫到你，再站起来……前三排，下车。”他发出指令后，惠特克老师朝第一批下车的幸运儿招招手，大家跟在她身后依次下了车。

我看向窗外巨大的白色标识牌，上面写着“皇家空军博物馆”。刹那间，我感觉心中有什么东西慢慢苏醒了，展开了雄伟的羽翼。我超喜欢飞机。爸爸妈妈第一次、也是最后一次带我坐飞机，是在我四岁的时候。那时，他们带我回新加坡的老家，去见一些每天都在惦记我却从未见过我的人。我清楚地记得，当我从舷窗向外看时，那美好的景色——小镇、城市、光影和流云，都在下方远远地飘浮着，我仿佛身处绚丽多彩的梦中。

现在，我们即将亲眼看到“飓风”战斗机和“喷火”战斗机！它们曾搭载着英雄，取得了战争的胜利！它们才是有真本事的战斗机！一想到马上就能与它们见面，我心中的伤痕似乎不那么痛了。

斯科特老师终于喊到我和桑吉塔这一排了。我瞬间从座位上弹起来，速度和桑吉塔一样快，而且没有撞到头。

大家一边聊天，一边跟着两位老师走进博物馆，像一群叽叽喳喳的小鸟飞入馆内。老师们将我们带到一间宽敞的屋子，里面只有一张桌子和一位高个女士。这位女士有一头柔顺的棕色短发、一双大大的蓝眼睛。她拍了拍手，大家马上安静下来。

“同学们，早上好！欢迎来到皇家空军博物馆。我是弗莱彻女士，你们的向导。在带大家进入场馆前，我先说一些注意事项……”

弗莱彻女士开始说起关于火警、洗手间以及不要把蜡笔冲入马桶之类的注意事项。我的视线越过她亮蓝色的裙子，落在她身后那两扇大门上。

透过玻璃门，我能看到一架战斗机的“大红鼻子”和灰色螺旋桨，以及几扇巨大的桨叶散发着机械的冷光。我真想知道引擎启动时会发出怎样的声响，想知道是否有机会摸一摸它，甚至坐进机舱里——和曾经的英雄驾驶员一样。

“也给你一张，开始吧。”

我疑惑地抬起头。是凯蒂的妈妈，她非常“出名”，因为她每天都会喷一大堆发胶，让每一根头发丝都硬邦邦的。她递给我一张任务单。我看向周围，每位同学都领了一张。我抿着嘴，微笑着接过单子。她朝我点点头，僵硬的头发也跟着一起点了点。

桑吉塔已经在争分夺秒地填写了，还在单子上留下一个浮夸的超大号签名。她身后的汤姆和杰瑞也是。

“请跟我来，我们现在进入的是 1 号场馆——‘飓风’战斗机展厅。”弗莱彻女士大声介绍道。

我们攥紧任务单，穿过展厅的大门。

南希小声感叹道：“真酷！”

德鲁则大喊：“哇！真正的飞机！”

惠特克老师班上的一位同学更是兴奋地高呼：“我爷爷家有一张照片，就是这架飞机！我早就跟我妈妈说了，应该让爷爷住到博物馆来！”

“飓风”战斗机在大厅正中央昂首挺胸，我们好奇地围着它探索了一番。大大的玻璃展柜里陈列着众多展品，砖墙上也挂着许多装裱精美的黑白老照片。有的照片上是一些身穿军装、佩戴勋章的男人，他们正在与另一些同样挂满奖章的男人握手；有的照片上是身穿皮夹克、头戴护目镜、微笑着摆出帅气姿势的飞行员，他们身旁的飞机看起来和我们面前的这架一模一样。墙上还贴了许多剪报，上面记载了所有参加过战斗的英雄以及他们英勇无畏的辉煌事迹。

弗莱彻女士向我们详细介绍了“飓风”战斗机——当年总共有14000多架“飓风”战斗机投入使用，为打赢战争做出了不可磨灭的贡献。接着，她招招手，带我们走过另一扇大门，门上挂着一块巨大的标识牌，上面写着“‘喷火’战斗机展厅”。

“喷火”战斗机比“飓风”战斗机小一些，但墙上照片里的人看起来更具有王室风范。我甚至在一个玻璃展柜中看到了玛丽公主的照片，这让我越发好奇自己的猜想到底对不对——这些人是否都和王室有密切的关系呢？

“这太愚蠢了。”桑吉塔瞪着她手中那张已经完成的任务单，低声骂了一句。

“怎么了？”我问道，趁机把她的答案抄下来。她从不介意让我抄作业，因为她知道，我的成绩永远都超不过她。

“这些照片上没有女性的身影，”桑吉塔皱着眉头说，“但我知道，其实有很多女性都参加了空军作战。去年生日的时候，叔叔送了我一本书，里面讲的就是在世界各地参与作战的女性们的故事。她们会破解密码，也会维修飞机。黑兹尔·希尔[1]也

[1] 时年仅十三岁的黑兹尔·希尔在数学方面格外有天赋。她协助父亲计算并证明了英国的“飓风”战斗机和“喷火”战斗机可以在性能不受影响的情况下携带八挺机枪，如此才能在与德国空军的战斗中不落下风。最终这一方案被通过并助力英国在日后的不列颠空战中取得胜利。

该出现在这里！她除了协助制造飞机，还有很多其他贡献呢。真不公平！凭什么她没有出现在我们的历史书上？”

我耸了耸肩。“也许是因为她没有开着飞机去打仗吧。”

桑吉塔拧紧眉心。“也许吧，但她们也做了很多事情，不是吗？她们都绝顶聪明。”

我又耸耸肩。桑吉塔常常对一些事情感到失望，而那些事，斯科特老师不知道也不在乎，更不会出现在博物馆和历史书中。

我们跟在弗莱彻女士身后参观了整个展厅，最后走到了一件皮夹克前。这件衣服属于某个真实存在的飞行员，看着它，我的脑海中不断闪过一张张面孔和一个个名字。凯蒂、汤姆、德鲁和南希都找到了与他们同姓的士兵。就连一向沉默寡言的丹尼斯都发现了一位和他爸爸神似的英雄。然而我和桑吉塔没有找到任何与我们有关联的名字或面孔，仿佛我们的家族当时还不存在，又或者都是隐形人。与弗莱彻女士道别后，斯科特老师让我们在礼品店自由活动。我买了三架巧克力飞机，准备送给博、静怡和我自己；一把尺子，上面印着银色“喷火”战斗机的图案；一架用硬纸板组装成的皇家空军战斗机，我可以用透明丝线把它挂起来。买这些东西，信封里的钱就够了。购物让我的心情舒畅了很多，而且信封里还有将近 1 英镑的零用钱，袖子里还藏着大教堂和糖果店专用的 5 英镑纸钞。

“要是能多一点儿时间逛大教堂的商店就好了。”桑吉塔说道。

现在，所有人都回到了车里，狼吞虎咽地吃着自带的午餐。

“没错。”坐在我们身后的南希附和道。她正紧握着一支英国皇家空军的纪念款铅笔，铅笔的末端顶着一个“喷火”战斗机造型的橡皮擦，那架势，仿佛她正握着全世界最重要的东西。“我鞋垫底下粘着两枚硬币！所以我今天走路的样子有点儿奇怪。”

“别忘了提醒我买最新款的‘超级飞天忍者’巧克力棒，”坐在我们前面的德鲁转过头来说，“要不然我哥哥得揍我。”

“别担心，我会提醒你的，”桑吉塔拍拍胸脯答应他，“因为我也得给爸爸买一份。”

大巴车马力全开，行驶在高速公路上。两侧的稻田生机盎然，一片又一片绿色从车窗外飞驰而过。

桑吉塔在我耳边滔滔不绝地介绍着自己在博物馆中最喜欢的地方——首先当然是礼品店，然后就是那台只可远观不可试乘的模拟飞行器。“我们必须再去一次，试试那台机器。”她郑重地宣布，而后终于把话题转向要买什么糖果。我们村就芝麻绿豆般大小，非常无聊，买不到好糖果，所以她今天准备采购一番。我越听越困，就在我马上要闭上眼睛的时候，大巴车停了下来。

金狮承诺

“好，我们到了！罗切斯特大教堂。所有人不许动，等我叫到你的名字再站起来。”斯科特老师大吼一声，所有迫不及待站起来的人又纷纷坐下，车厢里响起解开安全带的“咔咔”声。

“哇！它和我去年在印度看到的一座古庙好像。”桑吉塔小声感叹道。

我们下车后，在大教堂门口整齐地列队。

“看看这些雕像。哦，那是示巴女王[1]，她好像真的融化了，和斯科特老师说的一模一样。看！门上还有公牛和狮子雕像！好酷啊！”

但我完全没有关注她所说的融化的女王雕像、门上的狮子，

[1] 在希伯来圣经记载中，她统治着非洲东部的示巴王国，与所罗门王生活在相同年代。示巴的位置大约相等于今日的埃塞俄比亚。她在非洲的势力，最强的时候，疆域涵盖东部非洲和现今的沙特阿拉伯南部地区和也门。

或其他任何斯科特老师昨天提醒我们要格外留意的东西。我正忙着找糖果店。这附近明明一家商店都没有啊！马路对面的山坡上，孤零零地立着一座石头城堡，旁边有一棵用围栏围住的参天巨树，还有一家开在残旧的拱门边上的小咖啡馆。

“糖果店在哪儿？”德鲁眨着眼睛，不可置信地问。他大概和我一样，怀疑那些关于罗切斯特有一排糖果店的传言是假的。大人们总是故意编出一些话，就是为了让我们在满怀期待后大失所望。

“在另一边！”桑吉塔说，“我们在西边，但所有糖果店都在东边！”

德鲁释然地叹了口气。“最好是这样，否则我要正式提出抗议了。”

“跟我来，”斯科特老师吆喝一声，从队伍中挤出一条通道，走到最前面，“两两同行，保持尊重和安静！认真听讲！”

我们跟在斯科特老师身后，穿过两扇巨大的玻璃门，进入宏伟的殿堂。殿堂内不断传来回声。这里比外面凉爽许多，有一股浓郁的泥土气息——我们仿佛进入了一棵见证过沧海桑田的古树内部。

所有人都闭上了嘴巴，似乎瞬间感知到自己正站在一处神圣、宝贵且备受尊崇的圣地之上。左右是两列数不清的白色石拱门，天花板上垂下的灯饰宛如太阳系般华美绚烂。走廊尽头也许就是牧师在礼拜日主持仪式的地方，那儿的背景墙上有一整面浮雕，刻有八名面蓄胡须、手举长剑的男子。这座教堂就像一座城堡，我曾在一部关于亚瑟王和他的骑士的电影中看过类似的场景。这里仿佛有一股魔力，无与伦比，恢宏雄伟。在这座教堂里，似乎一切都有可能发生，也许国王、王后、骑士和历史上的英雄都曾相聚于此，为了他们的城邦日夜商议，构筑雄伟蓝图。

“大家好！我是扬先生，你们今天的向导。”他神不知鬼不觉地出现在我们眼前，打破了教堂的安静。

队伍前方突然爆发出一阵大笑。我们都知道那个人为什么笑，因为扬先生看起来可一点儿都不“年轻”[1]。他的白发亮得刺眼，眼睛上方挂着两条浓密的白眉，脸上更是千沟万壑，仿佛一张揉皱后重新铺开的纸。

扬先生没有理会笑声，只是朝我们微笑，招呼我们到他身边去。“我们接下来要进入地下室，还要参观战争纪念馆，在此之前，大家不妨走过来，转个身，看看你们身后的那面墙。我这个角度最好。”

我们一拥而上，围到他身边，抬头看着他手指的方向。

“罗切斯特大教室致力于举办战争纪念活动，其中自然包括第二次世界大战。”扬先生介绍道。

“扬先生！你参加过……‘二战’吗？”惠特克老师班上的史蒂夫大声问道。

“没有，”扬先生轻笑一声，“我没有你们想的那么老，

[1] Young 既可以译为姓“扬”，也有“年轻”之义。

也没有那么勇敢！”

不知是谁在史蒂夫的手臂上重重拍了一掌，小声骂了他一句：“笨蛋！”接着，教堂内又陷入一片沉寂。

“正如大家所见，这座教堂纪念了很多战争，这面墙上铭刻着无数士兵的姓名，他们不仅来自英国，也来自其他伟大的国家。你们看！”

大家纷纷抬起头，凝视着那道威严庄重的拱门，上面刻着“皇家建筑师”“英国皇家空军”和“战役”的字样。但就在这些醒目的字旁边，我发现了一些非常陌生的词汇，比如“孟加拉工兵连”。在拱门左右两侧的墙上，还刻着成百上千个名字。

“嘿，利奥！看！”德鲁指向高处，惊呼道，“那头金狮下面——你的名字！那里有你的名字！”

我顺着他的手指望向门上的金狮。

那头金狮有一对翅膀，似展翅欲飞。雕像下方嵌着一块乳白色大理石，石牌上刻着一个名字：

利奥 · 凯 · 林，DFC

没错……真是我的名字！

一模一样！每一个字都一模一样——利奥•凯•林！但我的名字怎么会出现在教堂里？怎么会出现在一面用于纪念士兵的历史悠久的门墙上？为什么名字的上方有一头金狮，而其他名字都没有？名字后面的 DFC 又是什么意思？

我一直盯着那个名字——我的名字。周围的同学们也在议论纷纷，用手指相互戳戳或用手肘相互推推，不约而同地念着我的名字，就像响亮的狮吼，几乎要震破我的耳膜。

“兄弟，这也太酷了！”德鲁用手臂箍住我的脖子，又将手重重地搭在我肩上，“你可以和别人说自己出名了！”

“喂！利奥！作为一个已经死去的人，你看起来可真年轻！”特里朝我大喊一声，紧接着高举双手，兴奋得仿佛刚刚进球得了分。大家都窃笑起来。

“嘘！安静！”惠特克老师训斥道，将特里的手按了下去，“这个地方非常庄严，不许胡闹！”说完，她转身向刚踏入教堂的一家人表达了歉意。

“大家要保持安静，”斯科特老师面色铁青，严肃地教育我们，“真抱歉，扬先生，这群孩子太容易激动了。请您带我们参观吧。”

扬先生并没有带我们往教堂内部走。他穿过人群，径直走到我身边。他抬头看了看那面墙，又低头看了看我，朝我微微一笑，脸上的皱纹更深了。“那上面的名字和你的一样，是吗，孩子？”他的声音比刚才更深沉，在教堂里引起阵阵回声。

所有人都安静下来，就连特里也收起了嬉笑。

我张了张嘴，却发不出声音，只能点点头。

“这样啊，那可有意思了，”扬先生说，“他是不是你的亲戚？”

我摇摇头。我从未听说过家族里有其他人叫利奥。我是唯一的利奥。至少我知道的是这样……

“我们接待过来自世界各地的旅客。他们有的是这些英雄的重孙，有的甚至是曾曾孙，来这里就是为了寻找先辈的踪迹。但我从未见过有人来找这个姓‘林’的名字。或许他的家人根本不知道他的名字一直被光荣地悬挂在高墙上。太可惜了，尤其是他还获得了如此特殊的装饰。”

“装饰？”我皱着眉头问道，不知道扬先生说的是不是那头金狮。

扬先生指着那个名字。“你看到后面那三个字母了吗，‘DFC’？”

我点了点头。身后的同学们也都在点头。

“它的意思是‘卓越飞行十字勋章’，那是由皇家空军颁发的金奖章。这位英雄一定做了什么英勇至极的事，才能获得这枚奖章。还有他名字上方的金狮雕像。一切都太神秘了。走吧。”扬先生轻轻拍拍我的肩膀，转过身去，重新走到队伍的最前面，“请各位跟我来。”他语气轻快，带着大家走到教堂正中央。

同学们赶紧加快脚步，跟在他身后。我也想跟上队伍，但就是挪不开步子。桑吉塔似乎也不愿离去。她笔直地站着，直勾勾地看着那面墙，嘴巴张得大大的。在这几秒钟里，那面刻满名字的墙和那头金狮仿佛只属于我俩。

“看，那里有一个‘R. 辛格’，”她小声说，“就在你的名字下面。那边还有一个叫‘辛格’的！”

我终于把目光从自己的名字上移开，看向其他的名字。桑吉塔说得对，那上面有很多带“辛格”的名字，还有许多特别的名字，与我在其他战争纪念馆和历史书上看到的迥然不同，例如，“索尔坦·阿里”“穆罕默德·汗”“拉姆·拉尔”和“成努”。我动动嘴唇，想对桑吉塔说点儿什么，但大脑一片空白，一句话也说不出来。

“桑杰塔、利奥，快来！”凯蒂的妈妈在大厅前面大声呼唤我们。

桑吉塔叹了口气，朝我翻了个白眼。虽然她的名字很好念，但总有人念错，每当这时，她就会不满地翻白眼。

“我们该走了。”尽管我心里有一百个不愿意。

“我想也是……”桑吉塔说。

我们一起转身跑到大厅，跟上队伍。斯科特老师正在批评大家，因为所有人都在低头寻找刻在地板上的脏话。

就在走出大厅的那一刻，我再次回头望向纪念墙，在心里许下一个奇怪的承诺。我从没有向一个不在世的人许下承诺，何况这个人在我出生前就过世了，我们连面都没见过。

我向利奥承诺——那个名字被刻在墙上的利奥，那个因勇敢而获得奖章和金狮雕像的利奥——我向他承诺，我会找到一切跟他有关的信息，让所有人都认识他，因为他是一位英雄，应该得到人们的致敬与问候。

回家的路上，每个人的背包都被糖果塞得鼓鼓的，整辆大巴车似乎都在沙沙作响。德鲁在向大家介绍他要先吃哪个、后吃哪个，以及他准备以什么样的价格把其中一半糖果卖给其他同学。

旅程结束了，在回程的大巴车上，斯科特老师大发慈悲，允许大家随意换座位。我马上就和南希换了位置，她和桑吉塔原本坐在我前面，两个人说话就跟开机关枪似的，仿佛在比赛看谁话多。

德鲁正忙着计算自己能赚多少钱。我通过他身旁的窗户向外看。公路和行道树如同幻影般飞驰而过。我满脑子都是教堂里的利奥。他是谁？他的家人在哪里？因为他，我有生以来第一次开始琢磨自己名字的来历。我非常确定，自己是家族中唯一叫利奥的人，我和教堂里的那位利奥不可能是亲戚。再说了，如果他是我的亲戚，那我一定听说过他。我曾曾祖父的外甥有一次为泡菜厂赢了一座奖杯，直到现在家里人都还会谈起他的光辉事迹，仿佛他改变了世界。如果我们家族曾出过一位像利奥这样的英雄，那我一定听过他的故事。

也许我可以找爸爸妈妈帮我，找出他的真实身份。他们几乎认识新加坡的所有人，还有马来西亚和印度尼西亚的人，总会有人知道一些关于他的事情吧……

“嘿，你觉得一根‘银河之光’弹跳高跷得多少钱？如果以每袋 2 英镑的价格卖‘滋滋软熊糖’，能买得起一根弹跳高跷吗？我有七包糖……也就是 14 英镑……如果我把‘超级飞天忍者’巧克力棒的价格从 1.5 英镑涨到 2.5 英镑……”德鲁揉了揉他那长满雀斑的鼻子，又扳起手指头。

就在这时，大巴车停了下来。斯科特老师拍拍手，提醒大家安静。我们到家了，又回到了无聊的老沃特村。

我紧挨着德鲁，趴在窗户上，想看看妈妈和静怡在不在附近。但我连一根黑色的头发丝都没看到。校门边是一片金发、棕发和红发的海洋。

“好了，大家记得完成今晚的家庭作业，希望明天一大早就能看到大家的心得。”斯科特老师吩咐完毕，大家同时发出一声哀号，“别忘了配图，一幅就行。”

“奥利维娅，听到斯科特老师说的了吗？一幅就够了！”

所有人都转过头看向坐在大巴车后面的奥利维娅·莫里斯。她每次上交的作业里都画满了画，因此在学校里赫赫有名。她甚至会在手臂和膝盖上画画，而且如果她喜欢你——非常、非常喜欢你——她还会在你身上画画。

其实同学们都很想让奥利维娅在自己身上画画，桑吉塔也想，但她才不会承认。奥利维娅是学校里最受欢迎的女孩。她总是穿着最新款的运动鞋，而且在操场上玩抓人游戏时，她总能完美地避开所有人。她真的太酷了，酷到我、桑吉塔、德鲁和南希这种人高攀不上。我们永远都不会有机会让她在自己身上留下画作。奥利维娅甩了甩额前顺滑的深棕色刘海，耸了耸肩，直勾勾地看着所有转过头去看她的人。没有人想被她棕绿色的眼睛瞪着，所以我们马上把视线移开了。

司机打开车门，我们都冲了下去。家长们不停地呼唤我们的名字，伸长了手臂想拥抱自己的孩子，好像十年没见似的。这让我们每个人都感觉自己就像是超级明星。我也听到了自己的名字，但不是妈妈的声音。是博！

我猛地朝他跑去。他来接我，这可真是一件超级酷炫的事。

博有点儿像奥利维娅。他在大学里很受欢迎，是个很酷的大哥，平时很少跟我走在一起。他从不让我进他的房间。如果他有朋友来家里玩，也会警告我不要出现。他几乎没来学校接过我，所以他今天能来接我，我真的高兴坏了。

“嘿，博！妈妈呢？”我转身朝德鲁、桑吉塔、南希以及所有能看见我的人用力招手。但他们都被自己的家长紧紧地拥在怀里，像一只只被眼镜蛇逮住的小老鼠。

“她很忙。走吧，快点儿。我还有事。”博双手插着裤兜，步履匆匆地沿着小路走了。

我一路小跑跟在他身边，兴奋地跟他分享旅途的见闻，包括那些飞机、礼品店、糖果店，还有大教堂。我当然想立刻就告诉他大教堂的墙上有我的名字，但我想把它当作重磅炸弹放在最后说。

“博，你去过大教堂吗——今天我去的那一座？就在罗切斯特。”

“没去过。我为什么要去罗切斯特看无聊的大教堂啊？”博回答道。

我快跑几步跟上他。“你一次都没去过？学校组织的也没去？”

博嘟囔着说了声“没去”，接着又问：“为什么要去？那里有什么特别的吗？”

“那里……那里有我的名字……在墙上！上面还有一只金狮呢！”

“等一下。”博在一家报刊店前停下脚步。

我感到意外，抬头看向博。难道他和我一样惊喜？但并没有，他只留下一句“待在这儿，别跟我进去”，就消失在了报刊店那扇嘎吱作响的大门后。几分钟后，他回来了，手里多了两包薯片和两罐柠檬水。

“吃吧。”他将一包薯片和一罐柠檬水塞到我怀里。

我低头看着怀里的零食。我讨厌咸醋味的薯片，也讨厌柠檬水。

“爸妈今晚要很晚才能回来，”他解释道，“妈妈让我给你买点儿零食。”他扯开手里的薯片，抓起一把塞进嘴里，“走吧。”他大步流星地走了。

我愣在原地。博真的是一点儿都不了解我啊。除了自己的作业本，他在其他地方见过自己的名字吗？也许他没有这种经历，所以才不在乎我说的事，哪怕我的名字出现在一面真实的墙上，与许多英雄的名字并肩。

“快点儿！利奥！”他回头看着我，大吼一声。

我小跑跟在他身后，满满当当的书包在我背上弹跳着，我又暗暗许下一个承诺，这次是许给自己。我发誓，我一定要让博听我说话。不仅如此，我还要让所有人都听我说话。我要让他们听我讲述利奥的故事，讲述很多其他事，比如总是被人盯着看，却没有人愿意听我说话；又比如我喜欢什么，这样他们就不会把我不想要的东西给我了，像酸溜溜的柠檬水，以及更酸溜溜的咸醋味的薯片。

爆炸性消息

“交完作业就回去坐好，看着我！”第二天一大早，斯科特老师站在讲台上，大声催促着所有踩着铃声匆忙进教室的同学。同学们把作业扔在讲台上，忙不迭地奔向自己的座位。

我把作业倒扣着交了上去，希望斯科特老师不要注意到，为了少写一点儿，我的字体比平时大了一些。我画的大教堂非常丑，但这不能怪我，我满脑子都是英雄利奥，根本记不得大教堂长什么样了。

爸爸妈妈昨天很晚才回来，我冲下楼，想和他们分享旅途中的故事，还想问问我名字的来历。可是我刚下楼，就听到爸爸在打电话订比萨。他们只有非常累的时候才会叫外卖。很显然，他们已经累得不想做饭，也不想说话了，所以也不会有精力好好听我说话。我必须等待一个合适的时机。我打算今天下午放学后再试一次。

“嘿，你看到了吗？”桑吉塔问道，用手肘撞了我三下，“奥利维娅画了两架飞机，和博物馆里的一样！我也画了一架，但怎么也画不好它的鼻子——它仿佛得了重感冒。你画了什么？”

“大教堂……的外观。”我回答道。

“你把外墙上的雕像全部画出来了？”桑吉塔一脸惊叹，“太了不起了！”

我在心里窃笑。要是她看到我的涂鸦，发现我把大教堂画得就像是刚被人踩了一脚的沙堡，不知会怎么评价。

“坐下！动作快！我要跟大家分享几个好消息。”斯科特老师扯着嗓子大喊，又用力地捶着讲台，连地板都在震动。他双臂交叉抱在胸前，等我们安静下来后，说道：“很好。听着，校长对大家昨天郊游时的表现非常满意，也很欣赏同学们做的有关第二次世界大战的作业，所以，她决定让咱们班来布置接待处的主展板，并组织阵亡将士纪念日[1]活动！”

教室里一下子沸腾了，同学们手舞足蹈，甚至跳上椅子尖叫。桑吉塔抓住我的胳膊，像甩荧光棒一样疯狂地摇起来。

“没说完呢！”斯科特老师用力拍了拍手，“她还跟我说……”

所有人都身子前倾，屏住呼吸，急切地等待着。斯科特老师故意停顿许久，就像歌唱比赛的主持人正要宣布冠军花落

[1] 1918年11月11日第一次世界大战结束。1919年11月7日，英国国王乔治五世钦定每年11月11日为“阵亡将士纪念日”，以纪念在战争中牺牲的军人与平民。

谁家。

“快说呀，老师！”德鲁忍不住大声催促道。

斯科特老师露出神秘的微笑。“她告诉我，咱们学校获选参加《真正的儿童世界》阵亡将士纪念日竞赛活动了！”

“《真正的儿童世界》？那个电视节目？”克丽不敢置信地深吸一口气。

“正是。”斯科特老师骄傲地点点头。

“真的吗！”托比激动地尖叫起来。

桑吉塔又开始猛烈地摇我的胳膊。我都感觉要脱臼了。我突然产生了一个念头——就是它，这是我向英雄利奥兑现承诺的好机会！

《真正的儿童世界》是全宇宙最精彩的电视节目，所有人都会收看，甚至包括超级明星、歌手、足球运动员和奥运冠军，他们还会上节目接受采访，完成一系列有趣的挑战。这个节目组织的比赛超级精彩，尤其是阵亡将士纪念日竞赛活动，是一年中最隆重、最著名的赛事。每所学校都期待能参加，可惜全国只有十所学校的十个班级有这个荣幸。而在这十个班级中，哪个班级的展板做得最精美、活动举办得最精彩，就能接受本和莉莉的专访。他们可是超有名的主持人！如果我们班赢了，我就有机会在电视上向全世界讲述利奥的故事。利奥将举世闻名，世界各地的人都会知道他的故事，也许还能寻回他的家人。

大家不约而同地安静了整整三秒钟，而后开始窃窃私语。我猜所有人都在想象自己接受本和莉莉采访时的威风模样。

“还有一件事，”斯科特老师提高音量，盖过了同学们的私语声，“我们是肯特郡唯一入围的学校，所以《沃特公报》将报道我们的故事。大家感觉怎么样？”

教室里顿时安静下来，甚至能听到窗外的风声。我们的大脑一时间仿佛无法处理这么多爆炸性的消息，必须暂停片刻，然后才渐渐回过神来。我们马上就要出名了！大家开始叽叽喳喳地说话，或紧紧抱住彼此，或不敢置信地用手掌挤压着脸颊，兴奋地放声尖叫，像一群用了扩音器的小老鼠。

“校长一定忘了我们去年组织的活动，”桑吉塔悄声说道，朝我露出狡猾的笑容，“否则她一定不会选择我们班！”

我点点头。确实，我们班已经很久没有主办过活动了。在上一次的活动中，克里斯蒂娜从舞台上摔了下去；哈利和德鲁在台上闹冷战，还一不小心把幕布扯掉了；南希则在不停地打嗝，最后还吐了；我虽然什么也没做，全程安分地扮演着一块石头，却还是和其他同学一起挨了批评。没想到，我们竟然还有机会主办年度最盛大、最隆重的活动，而且不仅是在校园里，还要上电视，在《真正的儿童世界》里！

“同学们，这是一项重大且具有纪念意义的荣誉，”斯科特老师慢慢地将手悬在讲台上方，随时准备在说到重点时敲下桌子，“所以，我们要非！常！（捶桌子）用心，才能在三周内准备好这次活动和（捶桌子）展板！我要求你们每个人都必须付出百分之一千的努力。明白吗！（特别用力地敲！）”

大家郑重地点点头，仿佛在向彼此许下承诺：一定要全力以赴！

“我希望你们能让我感到光荣，让自己感到自豪，也为沃特村增光添彩，整个肯特郡都期待着咱们能举办一场令人们永生难忘的活动。都准备好了吗？”

大家用低沉的嗓音，严肃地回答：“准备好了。”

“我听不到你们的声音！”

“准备好了！”这一次，同学们大声吼道。

“很好！现在，我们需要两个小队。第一小队负责组织演出，第二小队负责策划内容并设计展板。其他同学当然也要帮忙，不过大家要听从队长的指挥。那么首先，请负责组织演出的小队闪亮登场！”

他话音刚落，全班同学的手都“唰”的一下高高举起，仿佛一支支预备射向天际的箭。就连从不参与活动的托比都举手了。坐在我身旁的桑吉塔倾斜着身子，拼命伸长手臂，想超越班上所有人。

我把手放得低低的。无论什么样的活动，我都分不到什么好角色。在去年那场七零八落的演出中，我压根儿就不想扮演一块愚蠢的石头。我真正想演的是海盗，但我没有得到那个角色，因为即便是在虚构的故事中，也不存在与我外貌相似的海盗。但这些都不重要。我没有举手是因为我想去布置展板。我想把利奥的故事展示出来，以一种有趣的形式将它放在最显眼的位置，让本和莉莉看到，然后他们不得不来采访我，挖掘更多关于英雄利奥的故事。

“克丽、哈利、特蕾西，还有……”斯科特老师左右张望着，“托比？真的吗？你想参加这次活动？”

所有人的目光都聚集在托比身上。他点了点头，满脸通红。

“你确定？”斯科特老师皱起眉头，托着腮，食指轻轻点着脸颊，又向托比确认了一遍。

托比更用力地点了点头。

“你要非常认真地对待这件事，每天午休和放学后都要留下来和同学们一起工作，能做到吗？”

托比点头如捣蒜。“能，我保证，老师！”他说，“拜托，老师，为了我的曾祖父，我会好好干的。”

斯科特老师思考片刻后点了点头。“好吧，那就看你们的了。”

托比马上得意地转过头来看着我。他先是兴奋地对着空气挥拳，低声欢呼，然后骄傲地挑挑眉，不屑地朝我冷笑。我无视他那些小动作，望向斯科特老师。

“好，那么，哪些同学想负责展板呢？”

除了四位负责演出的同学，其他人再次把手甩到空中。桑吉塔咬紧下唇，卖力地高举右手。这一次，我也把手举得高高的。我甚至耍了点儿小花招——跪坐在椅子上——这样我的手就能举得比桑吉塔还高了。

“劳拉、加里、伊夫琳和……”

斯科特老师的视线转移到了教室另一边，完全没有看向我！我必须做点儿什么，来不及细想，我挺直腰背，马上比其他人高出一截，嘴里不断念叨着：“拜托拜托拜托拜托拜托……”

斯科特老师的目光瞬间就锁定在了我身上。他惊讶地看着我，似乎没想到我会举手，几秒后，他终于喊出我的名字：“利奥！”

桑吉塔泄气地放下手臂，她看着我，似乎也很意外。“你怎么会举手？你从不参加任何活动的。”她悄声说道。

我说：“就是想参加了。”

斯科特老师正将一张巨大的表格贴在白板上。他让大家一起思考阵亡将士纪念日活动可以做什么主题，并把自己的想法写在纸上。

我早就想好了，所以迅速拿起笔，毫不犹豫地写下几个字，然后静静地等其他同学完成任务。

“好了，请大家放下笔，我看看大家都有哪些主意。奥斯卡？”

奥斯卡一下子从座位上弹起来，好像被一只隐形的鳄鱼咬到了屁股。他郑重地把自己的纸举在面前，大声朗读道：“我认为我们应该展示一场发生在法国‘邓迪’[1]的战争。”

“敦刻尔克。”斯科特老师纠正道。

“对，就是那里，”奥斯卡说，“不过士兵们的作战工具不是枪炮和手榴弹，我们可以换成，比如——法棍面包、芝士块和西红柿！”

[1] 英国苏格兰东部港口城市。

同学们都笑起来，斯科特老师则咬着嘴唇。每次听完奥斯卡的发言，斯科特老师都会咬着嘴唇思索一番，因为奥斯卡的话总会让人感觉有点儿傻，又有点儿道理。

“很有意思的想法。”斯科特老师在那张巨大的表格里写下“敦刻尔克”，“下一位？南希，你有什么想法？”

南希的脸涨得通红，她大喊一声：“‘喷火’战斗机！”

斯科特老师点点头，也记了下来。“很好，介绍一下我们昨天看的飞机。好了，下一位……托比？”

大家的视线聚集在托比身上，他用铅笔末端挠了挠鼻子，慢悠悠地说：“我的曾祖父参加过战争。我们应该介绍一下他们这样的人。我是指我们的亲人。”

“啊！我喜欢这个想法，托比，”斯科特老师拿起一支红色马克笔，在“‘喷火’战斗机”“敦刻尔克”旁边快速写下“家族英雄”四个大字。

托比骄傲地从鼻子里哼出一口气，双臂抱在胸前，一脸得意，就好像他的想法已经被采纳了。

“利奥，你来说说？”

虽然我一直举着手，但在斯科特老师点到我名字的那一刻，我还是激动得跳了起来。斯科特老师握着笔的手停在半空中，似乎已经等不及要写下我的建议。“我觉得也许……也许我们可以介绍那些曾参与作战却无人关注的英雄，就像大教堂墙上的那些人。”我努力大声说话，但发出的声音却沉闷不清，像一阵微小的回声在穿透厚重的云层。

几秒钟后，我的声音终于抵达斯科特老师的耳朵里，再从耳蜗进入到他的大脑中了。“啊！”他终于反应过来了，“我明白了。你想说那些被人遗忘的英雄？非常棒的点子，利奥！也包括不受关注的家族英雄，对吗？”斯科特老师用马克笔敲了敲托比提出的主题，“好！大家今天状态不错！”他在托比的“家族英雄”下面写下了我的建议——“被遗忘的英雄”，还在旁边画了一颗星星！

我不知道那颗星星代表什么，但我觉得，自己的小心愿和对英雄利奥许下的承诺更有可能实现了。

同学们贡献了太多想法，斯科特老师不得不再拿出两张表格，才能记下所有人的提议。当课间休息的铃声响起时，他拍了拍手，说：“我们开了个好头。同学们都是好样的。我发现许多想法其实有重叠的部分。所以……我们先划分出五个主题，怎么样？”他拿起一支大号的绿色马克笔。

“他最好把我的主题圈起来！”桑吉塔喃喃自语，眯着眼睛注视着斯科特老师。

斯科特老师先把托比的“家族英雄”、奥斯卡的“敦刻尔克”和克丽的“天空之战”圈了起来。他停下动作，后退一步，仔细看着表格。思考片刻后，他往前一步，圈起我提出的“被遗忘的英雄”，停顿了一下，又把桑吉塔提出的“战争中的女性”圈了起来。我的心像踩了一根弹跳高跷棒，在胸膛里上蹦下跳。桑吉塔得意地看着我。

“下午我们来投票，选出一个主题，然后大家全力为竞赛做准备。怎么样？”

所有人都激动得直点头。我们喜欢投票。上周，我们为了决定“在阅读时间读什么书”而进行了一次投票。

没想到我提出的想法竟然得到了重视，这还是有生以来第一次。当然，这个想法也是我第一次真正用心思考出来的。我绝不能让斯科特老师将它擦去，或在它上面打个叉。我太想让全世界了解英雄利奥的故事了，我太想向所有人证明，像他这样真正的战斗英雄值得被铭记。我要说服同学们为我的想法投票。午餐时间有一个小时，我必须在这个时间里完成这件事。

激烈的竞争

“你们会给我投票吗？”我问同坐一桌用餐的桑吉塔、南希和德鲁。我的时间不多，光是给他们说明来龙去脉就花了十五分钟。

“等一下，”德鲁用叉子挖起一大块土豆泥塞进嘴里，我们静静地看着他艰难地嚼了三下，“你答应了那个和你名字相同、但死了的家伙，说会让他登上《真实的儿童世界》？你是怎么知道咱们能入选？我们今天才得到消息！”

南希朝他翻了个白眼。“不对，笨蛋！他先答应了人家，然后才知道竞赛的消息。就和印第安纳•琼斯一样。印第安纳总是先答应别人，然后就会发生很多事情帮助他信守承诺，虽然这些事情都不在他的计划之内。利奥并不知道竞赛的事，但它就这样发生了。”

“哈？印第安纳什么？”德鲁更加疑惑了。

“琼斯！”南希答道，“你没看过《夺宝奇兵》吗？这是一部系列电影，我爸爸每年圣诞节都会和我们一起看。印第安纳·琼斯是一个英雄般的人物，他专门寻找历史上著名的遗失宝藏，然后把它们送去博物馆和图书馆之类的地方。”

“听起来很无聊。”德鲁含混地评价道，朝南希摇了摇头。

“你就给我投票吧，行吗？”我问道。如果朋友事事都要刨根问底，那还算什么朋友。“这样吧，如果你给我投票，我就把巧克力布丁送给你。”

“成交。”德鲁立马答应，一把将我的布丁拿走了。

“等一下！你不能这样！”桑吉塔说，“你不能用好处来换选票。这简直是……怂恿别人做坏事。总之，这种行为是违法的，你很有可能……”桑吉塔谨慎地看了看四周，压低了声音说，“……去坐牢！”

我摇摇头。“小孩子是不会坐牢的。”

“那你很有可能会被送去留校察看中心！我阿姨瓦伊拉住在利物浦，她说她家附近就有一个，看起来像监狱。”桑吉塔严肃地警告道。

“什么？专门为留堂而建造的中心！”德鲁张大了嘴巴，感叹道，“我可不想去那里！”他赶紧摇摇头，把布丁推回给我。

“别傻了，只要你不说，没有人会知道。”我又把布丁推向德鲁。他盯着我看了几秒，一脸纠结，最终还是把布丁端走了。

“随便吧，反正我不会给你投票。我希望我的主题获胜。”桑吉塔说，“我的主题也很好。你会为我投票的，对不对，南希？所有女孩都该为我投票！”

南希盯着桑吉塔看了一秒，又看向我，最后叉起一大块西蓝花塞进嘴里。她现在一定非常纠结，甚至宁愿去啃她最讨厌的西蓝花。

“如果你给我投票，我就给你投票。”我看着桑吉塔说，毕竟她的主题也很棒，只是我真的很希望自己能获胜，“反正我们也不能给自己的主题投票。”

桑吉塔扬起眉毛，睁大眼睛看着我，“好吧，你最好说到做到。”

“当然了，”我答应她，“你的主题和我的不冲突，因为她们也是被遗忘的群体，我是说女性群体。就像你在博物馆里说的，她们的故事也应该被展示出来。”

“没错。”桑吉塔很惊喜。

“所以你仔细想想，”我接着说，“如果我的主题获胜了，其实相当于你也可以做自己的主题。我们可以寻找那些被遗忘的女英雄。用一半的展板介绍女性，另一半介绍男性。”

“哦，对呀！”桑吉塔的眼里闪着光芒，“太酷了！好，那我必须为你投票！南希，你也应该为他投票。我们一起为利奥拉票吧！”

南希马上把叉子上那块嚼了一半的西蓝花放回餐盘里，然后点了点头，看起来松了一口气。

我抬起头，看了看立在餐厅大门边上的时钟。为了争取这三票，我已经花了将近半个小时。怪不得电视上的政治家们看起来都那么疲惫。拉选票可真不容易啊。估计他们连收买人心的巧克力布丁都没有！

我用十秒钟光速解决了餐盘里的比萨，从长椅上猛地站起来。“我要去问其他人了。”我做出一副大无畏的样子，给自己壮胆。除了桑吉塔、德鲁和南希，我几乎不和班上其他同学说话。但现在，我必须去找他们。我真的很想赢！

“我和你一起去。”桑吉塔把布丁吞下去。

我很想告诉她不陪我也行，但又很庆幸自己不用一个人去拉票。我们快步走到旁边的桌子，这里坐着克丽、利亚姆、威尔和特蕾西。托比和凯瑟琳坐在他们后面，正盯着我看。我不理会他们，大声清了清喉咙。“咳、咳！”

克丽和特蕾西抬头看着我和桑吉塔，她们眼神明亮，充满疑惑。但威尔和利亚姆没有搭理我们，只顾埋头吃饭。所以我又清了清嗓子，直到他们俩也抬起头看向我。

“呃……我想说，你们吃完午饭后可以一起为我的主题投票吗？拜托了！”

“哈？你在说什么？”利亚姆皱着眉头问。

我一时没吭声。桑吉塔用手肘撞了我一下。我深吸一口气，再次开口道：“我想……我想请你们给我的主题投票，回教室之后。吃完午饭后。我的主题是介绍被遗忘的英雄。”

一桌子的人都看向我。特蕾西的嘴巴长得大大的，我都能看见她嘴里混作一团的炸鱼条、土豆，还有绿色的豆子。

“我会为他投票的，”桑吉塔补充了一句，不过她的声音比往常更加低沉，“我们一定要追忆那些长久以来被遗忘的人。那也包括我们家族中的人。”

“我不行，”利亚姆快速回头瞥了一眼，然后看着我，“我已经答应托比和凯瑟琳了。”

“是啊，我也是。”克丽压低了声音说道。

“我的叔祖父也参加过战争，托比说我可以在演出中扮演他。”威尔的声音非常洪亮，仿佛想让托比知道他不是叛徒，“所以，我也会为他投票。”

特蕾西什么也没说，只是点了点头。

我说：“哦……”接着，我轻声说了一句连自己都快听不到的“谢谢”，转身离开，朝德鲁和南希走去。我能感觉到托比和凯瑟琳正在身后嘲笑我。

“等一下！你要去哪里？我们还有……大概五张桌子没去呢。”桑吉塔一把抓住我的手臂，不让我离开。

“这没有任何意义，不是吗？”我的脸颊火辣辣的，“托比已经让所有人都给他投票了。他会赢的。再说，其他人的家族里都有可以扮演的角色，他们都可以到《真正的儿童世界》里介绍自己的家族英雄。又不像我们！他们当然会给他投票。算了，走吧。”我把手臂从桑吉塔的手中挣脱出来，怒气冲冲地回到自己的餐桌，一屁股坐在椅子上，把脸埋在装土豆泥的碗中大口吃起来。我不想看到桑吉塔或其他人。刚才要不是为了让他们明白我的意思，我不会浪费这么多时间，说不定还能抢在托比之前去找更多的同学拉票。但现在已经太迟了！

几秒钟后，桑吉塔走过来，在我身边坐下。她非常用力地捣鼓着餐盘里的食物，用勺子挖土豆泥时发出刺耳的嘎吱声。她在生我的气，但我不在乎。

我们都不说话，沉默地把午餐吃完了。德鲁拉着我们打了一局简短的圆场棒球，想让我们重归于好。上课铃响后，我们朝教室飞奔而去。斯科特老师把所有表格都取了下来，用绿色马克笔把五个候选主题豪迈地写在了白板上。

看着自己的主题出现在白板上，我五脏六腑都要激动得跳出来了，可下一秒，它们又沉了下去。我不可能赢的。托比已经找所有人拉过票了，说不定还威胁他们，不给他投票就用比网球还大的东西砸他们。

“好了，同学们，快坐下，”斯科特老师催促道，用力关上教室门，“这五个主题都很有创意，无论我们选择哪一个，都能做出新意来。好好思考，然后把你最喜欢的主题写在纸上，只能选一个哦。”斯科特老师给每一位同学都发了小纸条。“写好之后，对折，放进这个马克杯里。”

斯科特老师举起一个巨大的投票专用马克杯，杯上印着电影《指环王》中的两个角色——佛罗多和山姆。他们穿得破破烂烂的，一副要哭了的表情，仿佛已经累得无法完成摧毁至尊魔戒的任务了，因为他们每周都要帮我们托举这么多用来投票的小纸条。

大家奋笔疾书，教室里安静了好一会儿。桑吉塔用手肘推了我一下，提醒我遵守承诺。我朝她点点头，然后在纸条上写下“战争中的女性”。我很想知道南希和德鲁有没有遵守诺言。也许他们有，但也可能会因为想与大家分享他们的家族英雄而选择投给托比。

同学们一个接一个地排队走上讲台，将纸条放进佛罗多和山姆的“脑袋”里。斯科特老师靠着椅背，双腿耷拉着，闭着眼，像一只沐浴阳光的大肥猫。

我看着托比将纸条放进去，不知道他是否记得不能给自己投票。他很可能忘了。我甚至希望他不要记得，这样斯科特老师就能抓他个现行，将他淘汰。

所有人都投完票后，斯科特老师让我们拿出数学书，安静地完成第六十七页的算术题。虽然大家都翻开了课本，但我敢说，没有一个人的心思真正放在题目上。我们都偷瞄着斯科特老师，看他清点票数，并在每一张票上做记号。

墙上的挂钟嘀嗒作响，仿佛也在我的脑海深处回响，让我难以集中注意力。我抄了桑吉塔三题，自己又做了几题。终于，斯科特老师直起身子，让我们合上课本。

是时候了！

我十指交叉，藏在课桌下，默默地祈祷着。斯科特老师走向白板，手里拿着一块亮绿色的海绵板擦。

“好了，结果出来了！来点鼓声吧！”

教室里所有人纷纷用手指在课桌上敲响鼓点，同时用力跺着地板伴奏。

“最后一名……天空之战。”斯科特老师大声宣布后，擦去了这个主题。

克丽发出嘘声，教室里则一阵窃笑。

“第四名，战争中的女性。”又是用力一擦，桑吉塔的主题消失了。

桑吉塔发出一声狼嚎，又转过头朝其他人号叫起来。

我赶紧捂住脸，从指缝中偷看，紧张得都有点儿反胃了。下一个被淘汰的主题一定是我的……我有预感。

“第三名……敦刻尔克！”“唰”的一声，奥斯卡的主题不见了。

“啊，讨——厌——”奥斯卡哀号一声，从椅子上蹦起来，双手叉腰，“我们本来可以扔西红柿炸弹的——那可是西红柿炸弹！”

全班同学都笑了，桑吉塔似乎忘了自己还在生气，抓着我的手臂。“你还有机会！”她悄声说道，仿佛我自己不知道似的。我从指缝中偷瞄留在白板上的最后两个主题。大家都不作声，安静地看着斯科特老师。

“最后……”

“太好了！”托比小声说道，仿佛自己已经赢得比赛。

“并列第一……两个票数相同的主题——家族英雄和被遗忘的英雄！”

“什么！”托比大喊一声，从椅子上跳起来，表示抗议。

“平票，利奥——你和托比打成了平手！”桑吉塔激动地说道，使劲晃动着我的肩膀，几乎要把我甩下椅子，“你赢了——

没输就是赢！”

我把手放下，直勾勾地看着那块白板。我的主题还在上面。我居然和托比并列第一！竟然有这么多人为我投票，哪怕我在午餐时间的拉票如此失败，而且也没来得及去找其他同学！我环顾四周，看着这些兴奋得直敲桌子、跺地板的同学，很好奇是谁为我投了票。他们怎么会给我投票呢？

“重新数！”托比愤怒地大吼。

“对！”凯瑟琳紧随其后，“我才不想研究被遗忘的英雄。那些人说不定就是被刻意遗忘的！”

“安静！托比，坐下，马上！”斯科特老师命令道，两只眼睛瞪得像铜铃，“不用重新数，就是平票。这两个主题相辅相成，要完成它们应该不难，对吗？我们完全可以将两个主题同时展示出来。”

托比坐在椅子上，恶狠狠地瞪着我。但我不在乎。我一点儿也不在乎！我看着自己的主题。“被遗忘的英雄”——这六个字对我散发着绿色的微光。承蒙大家的喜欢，我的主题还留在白板上。它将帮助我挖掘英雄利奥的故事，也许还能让学校里和电视机前的所有人知道：世界上有一个和我同名同姓的人，我们这样的人也是非常特别和重要的！

别样的双重生活

放学铃声一响，桑吉塔就冲出了教室。这个周末，她奶奶要来，所以她必须抓紧时间把自己收拾出个人样。在她奶奶眼里，有个“人样”意味着每一根头发丝都要干干净净的，还要戴上漂亮的手镯，穿上华美的公主长裙——当然，是印度公主的，不是“沃特公主”的。我想，没有哪位公主曾莅临沃特村，哪怕是英国本土的公主。

“周一见！”我跑向走廊尽头，冲上楼梯，穿过楼上的大厅，径直朝图书馆奔去。图书馆不大，却是整个沃特村唯一的图书馆。如果校外人士想借书或逛逛书店，就只能去其他比较大的镇上。

馆长助理戴维斯老师正在忙碌。图书馆里没什么人，我推门进去，快步经过柜台，走到标记着“历史”的书架边上。结果我一转身，看到有个人正背靠书架，手里捧着一本厚重的书。

是奥利维娅！我一下子愣住了。

她低头看着我，皱起了眉头。我抬起头与她对视。她一言不发，用冰冷的眼神瞪着我。我知道她想让我马上消失，于是我又径直冲出图书馆。我明白，她不想让任何人知道我在图书馆里见过她，还和她对视了。真是奇怪，全校最受欢迎的女孩为什么会在周五出现在图书馆里，还拿着一本和“二战”有关的书？更奇怪的是，她正捏着书的一角，似乎打算把那页纸撕下来……

第二天是周六，家里十分热闹。

“快点，利奥。赶快，赶快[1]！时间不多了！博！你最好已经把房间收拾干净了，别让我进去检查！”

博嘀咕着从我身边经过，往厨房走去。爸爸正在厨房里做饭。空气中弥漫着各种各样的味道。煮锅上方冒着一团团水汽，发出“嗞嗞”的声响。爸爸哼唱着他最爱的马来西亚歌。爸爸会说许多种语言，比如泰米尔语[2]、中文和马来语，他也会唱这些语种的歌。他也很喜欢披头士。不过，每次需要准备大餐时，他还是最喜欢哼马来西亚歌。

“哦，不——他们就要到了！”妈妈尖叫一声。她刚把木餐桌擦得发亮，正准备给静怡也擦一擦。

我麻利地给书架上的书本和装饰品除尘，然后把刷子递给妈妈，准备接受下一个任务。妈妈皱着眉头看我，仿佛感到奇怪。

“你没事吧，利奥？”她问道。静怡爬到我脚下，用力拍

[1] 原文是中文。

[2] 一种通行于印度南部和斯里兰卡东北部的语言。

打着我的大腿。

“没事啊，”我耸耸肩，“为什么这么问？”

“没什么……”妈妈的眉头皱得更紧了，“只是你平时不会这么……帮得上忙。”

我努力憋住笑意。

我确实讨厌周六的时候有客人来访！不知道是不是因为我们住在郊区，还有一个超大的后花园，几乎每个周六，都会有人来我们家吃午饭或晚饭，有时甚至要在这儿待上一整个周末。其实我不介意和其他人一起吃午餐或晚餐，也不介意和客人一边喝茶一边聊天，做做游戏。这些活动还挺有意思的，而且我还能放肆地熬夜。我讨厌的是客人抵达前的这段时间，因为妈妈会变成一头红眼睛怪物，对所有人咆哮，让我们一整个早上都在家里大扫除；爸爸则会在厨房里手忙脚乱地准备今天的大餐；博则每过一小时就会愤怒地抱怨一阵，最后愈演愈烈，彻底变成一头大野熊。这简直就像是每周都要准备一场盛大的圣诞节晚宴——只不过屋子里没有圣诞树，我们也得不到任何礼物。所以，我非常讨厌大多数的周六早晨。

但这个周六不同，因为我要抓住这次机会，问爸爸妈妈、莱娅阿姨、希拉尔叔叔以及跟他们一起来的人一些问题。为了这个完美的提问时机，我已经等好几天了。爸爸妈妈在客人面前总是会非常认真地听我说话，而不会说自己正在忙，也不会假装听不见。而且爸爸经常说，莱娅阿姨和希拉尔叔叔是八卦界的世界级专家，他们知道所有人的所有事。所以我想，他们一定能帮上忙。

我要问的是我名字的含义——为什么给我取这个名字，以及他们是否听说过英雄利奥。我得确保所有人都心情愉悦。所以，我把头发梳得光滑柔顺，牙也刷得干干净净的，还穿上了最好看的蓝色马来服。只要客人一到，我就会展现出最灿烂的笑容，不断给他们斟茶倒水，这样他们就不好意思拒绝回答我的问题了。

又经过一小时的擦洗、抛光、整理、清扫后，家里的所有陈设都锃光发亮，简直和清洁产品广告里的展示道具一样。博在帮妈妈摆放我家最好的那套餐具。所有人都盛装以待，简直像在拍电影。妈妈穿了她最爱的蓝色蕾丝古笼服，长长的蕾丝上衣搭配真丝长裙，还戴了一串长长的珍珠宝石项链（静怡总是想吃掉这些珠子）。爸爸和博的衣服款式和我的一样，只是颜色不同。此时此刻，如果我的同学或爸爸妈妈的同事从窗外往里瞧，一定认不出我们。我们一直都过着双重生活——别样的食物、别样的味道、别样的音乐，以及别样的服饰。我敢肯定，班里除了桑吉塔，没有人的周末是这样度过的。她和我一样，也过着双重生活。只不过她在她们的世界里是一位公主，而我是一个免费的用人。

“叮——咚——”

“他们来了！”妈妈尖叫一声，仿佛这些客人是不速之客，而我们清洁了一上午也不是为了迎接他们。她小跑到玄关处，静怡则在她身后手脚并用地追赶着。

爸爸拍了一下我和哥哥的背，小声提醒道：“好好表现，孩子们。老规矩，如果有人给你们钱，一定不能收。明白了？”

“哦！看看这两个男子汉！”莱娅阿姨高兴地说着，用那双大手捧住我的脸，将我拉近，让我们的鼻子亲热地碰在一起。

就在她将目标转向博和爸爸时，希拉尔叔叔一把握住我的手，将我用力拉到他坚实的胸膛里三次，与我拥抱了三回。一位老人也过来与我拥抱了三回。我感觉他很面熟，却想不起来名字。他个子很高，眼睛特别亮，手上和脸上布满了皱纹，我感觉自己在和一只海龟拥抱。

大家都热情地问了好。我努力表现出最乖巧、最听话的模样，积极地帮爸爸把热乎乎的饭菜从厨房里端出来。为了维持最灿烂的笑容，我的脸都快笑僵了。我一直认真聆听着大人们的谈话，等待最佳的提问时机。晚餐时，莱娅阿姨说完她在新加坡和邻居间发生的故事后，我知道，时机来了！

爸爸妈妈忙着帮大家盛饭，静怡在婴儿椅上睡着了，莱娅阿姨、希拉尔叔叔和长得像海龟的老人（好像我应该管他叫爷爷）互相点着头，好像他们正在进行秘密交谈。就是现在！我必须说话了！

“我的名字为什么是利奥呢？”我对着饭桌上所有人大声问道。

大家同时停下手上的动作，盯着我。在一片沉默中，正好有一团米饭从爸爸手里的饭勺上掉到汤碗里，龙虾汤瞬间飞溅出来。

我看着他们，耐心地等待答案。

“为什么这么问呢，儿子？”爸爸问道。

妈妈自言自语道：“这小子真有意思！”

“只是……想知道。”我不断警告自己的脸，不要再变得更红了。

莱娅阿姨扬起描过的长眉，看着妈妈。她和妈妈长得不太像，不像是有血缘关系，但有些时候，你还是能看出来她们是表姐妹，比如，现在。当她们站在一起，看着对方的时候，你能看出她们鼻子和嘴唇长得几乎一模一样。

“是啊，我也一直很好奇。”莱娅阿姨说。

“这也不是什么秘密，”爸爸坐回椅子上，看着我，“我的父亲，也就是你的爷爷，让我们给你起这个名字。”

“真的吗？”我很疑惑。

爸爸点点头。“是的，没错。当我们把妈妈怀孕的消息告诉他时，他说我们一定要叫你‘利奥’。他说这是他的愿望。”

“他从未说过原因，”妈妈说，“他本来准备过来探亲时告诉我们的。他都订好机票要来看你了，但就在出行的前几天，他去世了。所以他从未见过你，我们也无从知道你名字的来历了。”

“你为什么要问这个问题呢，利奥？是不是学校里有人说了什么？”爸爸的脸色变得严肃又担心。

我摇摇头。我想告诉他们在大教堂的墙上有另一个利奥，还有我要参加《真正的儿童世界》竞赛活动的事。但现在不是最好的时机。

“我只是……只是想知道。”我把一块巨大的煎饼塞进嘴里。

“不过我们一直认为，你爷爷或许和一个名叫‘利奥’的人有着深刻的情谊，”爸爸说，“也许是他的家人，或者朋友。所以我们决定实现爷爷的愿望，给你取名叫‘利奥’，以此作为纪念。但我们不知道还能向谁打听那个名叫‘利奥’的人。你奶奶可能知道，但她连博都没见到就去世了，而其他人，像你叔叔、姑姑，他们知道的比我们还少。”

大家又不说话了，尤其是爸爸。每当他想到自己的父母，想到他们都已不在人世，就会变得特别安静。新加坡的家里有许多爷爷奶奶的照片，大部分照片里，他们都在微笑，不是在椅子上就是在花园里。奶奶的头发上永远别着一朵鲜花，爷爷则始终戴着一顶遮阳帽。真希望他们还活着。如果能跟他们打个电话，听听他们的声音，或者去新加坡见他们，那该有多好啊！他们看起来和蔼可亲，是那种会对孙子宠爱有加的老人。

“利奥……”像海龟的老人低声呢喃道，“利奥·凯·林……真是个好名字。”

我敏锐地直起身子，等待着，希望他能说些什么。也许在爸爸、叔叔和姑姑出生以前，这位老人就和爷爷是好朋友了！年纪应该对得上。也许他知道爷爷过着一种秘密生活，也许爷爷是化名为利奥的间谍！又或者，我们家族里有一位神秘的利奥，和大教堂里的利奥有关联，并且只有我的爷爷知道他的存在。他想来见我，就是想当面告诉爸爸妈妈这个秘密！

老人朝我微笑，下垂的眼角皱了起来。他伸出手，又摸了摸我的脑袋，然后继续低头吃着碗中的咖喱虾饭。

一块隐形的巨石重重地沉到了我的胃里。

他什么都不知道。唯一知道内情的人早在我出生前就离世了，在地球的另一面，在另一个国家的另一个房子里。

失踪的书页

“哎，这感觉太糟了。”

我和桑吉塔正在小卖部门口排队。周一上午的第一个课间来小卖部真是太不明智了，因为这个时候的队伍总是特别长。但不知道为什么，桑吉塔每周这个时间都要来买东西，我就得陪她来。

桑吉塔轻轻拍了下我的手臂。“也许你爷爷给你起名为‘利奥’，是为了让别人不知道你是从哪儿来的，这样有利于你找个好工作。我表哥阿马尔迪普和表姐雅思琳[1]护照上的名字是安德鲁和劳拉，不过他们的姓依然是‘辛格’，所以我觉得我阿姨和姨父想得还不够周全。但这些都没关系，重要的是，你赢了！也就是说，我的主题也算是获选了！就算你的父母不知

[1] 阿马尔迪普（Amardeep）和雅思琳（Jasleen）这两个名字在印度的使用频率较高。

道你为什么叫利奥，那又如何呢？我们要做的是找到大教堂里的那个利奥。他才重要，不是吗？”

我点点头。桑吉塔说得没错。

“那就行了。我去搜索被遗忘的姓‘辛格’的士兵，还有来自印度的参军女性，你去了解大教堂里的利奥的故事，我们的作品一定会非常精彩！”桑吉塔说罢，昂起头，似乎觉得自己刚才那一番慷慨陈词非常酷。

“行吧。话说，你的名字有什么典故吗？”我问道，同时扫视了一圈操场。德鲁和加里正在角落里进行摔跤比赛；克丽、南希和斯图尔特在玩抓人游戏；凯瑟琳、托比、丹尼尔和亚当则盯着每一个在小卖部门口排队的人，仿佛我们即将成为他们饱餐的猎物。我猜他们所有人的名字都有典故，至少他们的父母知道他们名字的由来。

“我用的是我外婆的名字。不过我希望自己老了以后不要像她一样疯狂。你看看她都做了什么！”桑吉塔摊开双手，上面竟画满了巨大的橙色花朵，“谁想在上学的时候画曼海蒂[1]！接下来几天，我的手都是橙色的，洗都洗不掉，别人会以为我得了怪病吧。”她把手插进兜里，“有时候，我真的很烦。”

我明白她的意思。我们都过着双重生活，尽量让家庭生活和校园生活互不干扰。不过就算如此，校园生活对我们来说，也仍充满了挑战。比如，家长会上，所有人都会听到我们父母

[1] 在印度盛行的文身彩绘，用取自天然指甲花的染料在手、脚等部分绘制图案。

说话时带着口音；当我们需要请很多天假，去庆祝一个和圣诞节一样隆重的节日时，学校里却无人知道或在意；当我们吃自备的午餐时，浓烈的气味总会吸引所有人的目光。

双重生活唯一的好处就是，我们的亲人遍布世界各地，其中很多地方是同学们听都没听说过的，就连老师们也不知道。我们能收到来自世界各地的礼物、特产和美食，很多是其他人买不到的，在沃特村就更不可能买到了。

有时候，我会翻看我们家的相册，它和字典一样厚，而且非常大，爸爸妈妈把它收在一个特殊的橱柜里。照片中的场景看起来都太不真实了——像夏日度假村一样的房屋，屋子周围环绕着的湖泊、杧果树，还有许多大型鸟类；屋子里有好多亲戚，虽然我再没见过他们，但在照片中，他们都紧紧抱着我，好像与我的关系非常亲密。

“总之，”桑吉塔踮起脚尖，想看看我们前面还有多少人，“你在图书馆里找到跟另一个利奥相关的资料了吗？”

突然，我想起了奥利维娅，于是我把那场在图书馆的奇遇告诉了桑吉塔。

“不可能！”她倒吸了一口气，“她想从图书馆的书上撕下一页？这是犯法的！”

我朝她翻了个白眼。“这不是重点！重点是，她想撕下来的那几页写了什么？”

“也许和作业有关？现在全校都在准备和‘二战’有关的内容。”

“也许吧，那她为什么不直接把书借走呢？”我问道。此时，站在队伍最前面的哈里斯老师大喊了一声：“下一位！”

我没再说什么，但我觉得奥利维娅绝不单纯是为了完成作业。她当时看起来很失落，很难过。

上午的课程终于结束了。我决定去图书馆收集资料。斯科特老师说，负责展板和演出的志愿者队长将于明天开启第一次工作会议，所以我必须加快速度，这样才能让英雄利奥的故事登上展板。

“午餐见，”我朝桑吉塔说完，拔腿冲出教室，“我要去收集资料。”

“等一下！”桑吉塔大喊，跟在我身后，“我也要去！我也要去收集资料。”

我们冲上通往图书馆的台阶，却发现此时图书馆里有好多人，仿佛全校同学都跑来还书，或来完成即将上交的作业。

我瞄到的墙角有两台电脑空着，于是一个箭步跑过去。我们中午只能使用十五分钟电脑，这么短的时间不足以完成整个项目，但至少能让事情有所进展。我当然希望家里能有一台属于自己的电脑。爸爸妈妈曾说过，等我长到十一岁就给我买，所以我还需要再等两年！博从来不会和我分享他的电脑和书桌，而爸爸妈妈又总是占着家里公用的电脑，所以我根本没有电脑可用。

桑吉塔一屁股坐在我旁边。我快速输入用户名，登录账号，然后点击互联网的图标。按照图书馆的规定，我们不能在网上搜索和学校作业无关的东西，否则管理员会把网络连接直接断开。看到搜索框弹出来，我马上输入“第二次世界大战利奥·凯·林 DFC”，然后静静等待结果。网上一定能找到信息，而且是很多、很多信息。一定会有的！

但我没有等来一页又一页的资料，只等到空白的网页，上面写着：

查无此人。您想搜索利奥·凯·海吗？

我点击网页推荐的名字，发现那是一位很有名的演员，除此之外就没有任何有用信息了。

我又尝试一遍，这一次把名字后面的“DFC”删去了，但结果还是一样，在网上找不到任何信息。

我第三次尝试，删掉了“第二次世界大战”这几个字。但这一次，弹出来的却是一个闪着红光的对话框，上面写着：“禁止未经授权的搜索”。电脑不让我上网了！

“在搜什么呢？”

我被吓了一跳，缓缓转过头去。

戴维斯老师站在我身后，双臂抱在胸前。

桑吉塔瞪大了眼睛，像猫头鹰一样冲我眨着眼睛。图书馆里的所有人都安静下来朝这边看。

“你应该知道不能上网搜索和学习无关的事情，对吧？”戴维斯老师问道，仿佛电脑屏幕上仍在闪动的红色对话框还不够明显，“你能告诉我刚才在搜索什么吗？”

“呃……我的名字。”我想告诉他我搜索的是一个和我有着相同名字的战斗英雄，这个名字还被刻在大教堂的墙上。但我什么都没说出来。

“你在网上搜自己的名字？”戴维斯老师皱着眉头问，“莫非你做了什么改变世界的事情？”

我摇了摇头。

桑吉塔插话道：“老师，这是为了我们的班级任务。”她向老师解释道，“利奥发现，在上周我们去参观的大教堂的墙上，有一个英雄的名字和他的一模一样。我们想知道有关那个利奥的故事。”

“啊，”戴维斯老师听后，眉头立刻放松了一些，“光输入名字是搜不到东西的，”他俯下身，快速地打了几个字，“你们最好试试搜索相关的历史事件。我们这里有很多书，应该有你们想要的信息。下次让你们老师来给你们搜索权限，或者用教室的电脑进行搜索，好吗？”

屏幕上的红色对话框消失了，恢复成最初登录的界面。我点点头。图书馆里的同学们又沉浸在自己的事情中，似乎对这场风波结束得如此平静而感到失望。戴维斯老师是出了名的好脾气，就连学生把口香糖粘在每一本《远大前程》的每一页里，他都没有发火。很多孩子都在暗暗较劲，看谁能让戴维斯老师气到爆炸！但目前还没有人成功，所以大家总是对他格外关注。

戴维斯老师走回他的大桌子，和菲尔茨老师坐在一起。

“现在我能用电脑了吗？”一个小个子男孩走到我身边，抱着高高的一摞书，看起来快要摔倒了。

我站起身，把椅子让给他。

“我先不走，”桑吉塔说，“我还有十分钟呢。”

“好，”我说，“那我先去找找历史书。”

桑吉塔漫不经心地点了点头，在本子上快速抄写着。她似乎已经找到很多关于战争中的女性的故事，可以把整个展板都填满！

我走向上周五去过的书架，很庆幸这一次没有在附近看见任何人。我伸出手指，在书架索引上寻找着我的目标。古罗马……维京……古希腊……都铎王朝……维多利亚时代……大英帝国……终于，我看到了它。

我拿起书架上最厚重的一本书，里面展示了许多英雄的照片，和我们在博物馆里看到的差不多。我快速翻阅，试图找到一张看起来像利奥•凯•林的面孔，却一无所获。我按照索引，翻到以“L”开头的部分，想看看有没有关于“利奥”的信息。但仍然没有丝毫线索。有一个章节名为“皇家空军”，但出现在该章节中的人和博物馆照片里的人看起来长得一样。

我翻开第二本、第三本、第四本，这些书里的士兵都来自英国、美国或欧洲。我翻开第五本书，里面有许多触目惊心的真实照片，我立刻合上书，把它放回书架，然后拿起旁边的另一本。这本书比其他书重得多，我刚把它抽出来，就知道这本书就是奥利维娅上周五看的那本！我认得封面。

我随意地翻开书，却直接翻到了缺页的部分。残留的书页边缘如同锯齿般凹凸不平。我摸了摸残页，数了数页数……四页，奥利维娅撕掉了四页。

“那是什么？”

我抬起头，发现桑吉塔正站在我面前，拿着一张字迹凌乱、画满箭头的纸。

“这不会是你干的吧？”她压低声音问。

“不是！”我也悄声回答，“这是上周五奥利维娅看的书，我猜是她干的！”

桑吉塔指着底部的页码。

“62 页，”她说，“所以被撕掉的第一页是 63 页。翻到目录看看是什么内容。”

我翻开目录。我们的手指顺着右侧的一串页码向下滑动，最终同时停在“63—68 页”处。左边的标题是——第二次世界大战中的非洲人和亚洲人。

“为什么奥利维娅要撕掉这几页呢？”桑吉塔问。

我摇摇头。我盯着那锯齿般的残页。到底为什么呢？

名字之谜

那天下午，斯科特老师一直在讲解多项式除法。但我一直在想那几页被撕掉的内容。奥利维娅为什么要这样做呢？她不想让其他人看到那些内容？太不合理了。同样不合理的是，我竟从未在课堂上以及博物馆的展柜中看到非洲人和亚洲人参战的照片，也没有读到过有关他们参加“二战”的报道。

叮——叮——叮——叮——叮！

我被铃声吓了一跳。我满脑子都是被撕掉的章节和奥利维娅，竟然没有注意到已经是放学时间了。

“同学们，在座位上稍等一下！”趁大家还在收拾铅笔盒和书包，斯科特老师走进教室，“我要给大家发东西。”他给每位同学发了一张纸。“这是一张同意书。如果你的家长同意你参加《真正的儿童世界》的节目录制，就必须在单子上签字，本周五前上交。明白了吗？”

大家纷纷点头。一张张珍贵的通知单落到我们高高扬起的手中。

“没有签名，就不能参加节目。无一例外。”斯科特老师接着说，“节目组最快会在下周来学校。今晚，每位同学都要完成一个故事，故事的主角可以是家族英雄，也可以是被遗忘的英雄，符合本次活动的主题即可。负责展板和演出的队长明天要做的第一件事，就是收集所有同学的故事，并决定如何将这些故事演绎或展示出来。然后，队长们要把自己的设想反馈给全班同学。记住，所有人的故事都要出现在这次演出和展板上。明白了吗？”

教室里安静下来，大家突然意识到这件事有多么正式且重要。斯科特老师一定也察觉到班上的氛围变了。发完最后一张单子后，他走到门口，没有直接打开门让我们回家，而是转身严肃地看着我们。我们安静地等待着，通知单像沾了胶水似的粘在手心里。

“同学们，在放学之前，我希望你们能真的明白，”斯科特老师的声音突然变得低沉，他的每一句话都在教室里回荡，“如果你们真的想为学校赢得这次比赛，就一定要全力以赴，互帮互助。记住，我们是一个团队，我们的目标和任务是一致的。明白吗？”

“像一支军队？”南希腼腆地问道。

斯科特老师笑了。“真是一个完美的比喻，南希。没错！就像一支军队。你们每一个人都扮演着独特的角色，你们要把自己最突出的能力完全发挥出来，只有这样，我们这个整体才能获胜。你们要听队长的指挥，把他们当成将军，响应他们的号召。大家还记得什么叫‘号召’吗？”

桑吉塔马上把手甩到空中，老师刚点到她的名字，她就脱口而出道：“召唤大家采取行动。”

“没错！所以大家要时刻准备着行动起来，直到我们圆满完成这次任务。明白了吗？”

全班同学都沉默地点了点头。

“很好！那就放学回家吧。”

斯科特老师用力打开门，我们如同一阵飓风，一边兴奋地低语着，一边冲出教室。虽然与真正的战争相比，我们正在做的事不值一提，但老师这番话，令我们不由地心生肃然。

“别挡路，废物。”托比将我推到一边，跑去了最前面。

德鲁无视托比的举动，朝我摇了摇头。“这么多额外的作业，还不给加班费。”他发出一连串“啧啧”声。

那天下午，我和爸爸走在回家的路上，我决定告诉他、妈妈和博，自己现在是一位“将军队长”了。而且，如果我想挖掘英雄利奥的故事，就必须把家人也调动起来。

爸爸、妈妈、博，还有静怡安静地待在同一个地方，这样完美的时机真的超级难等，只有可能在晚餐时间出现，也仅仅是可能出现。不过，我还是得抱着希望等待。当所有人一起喝完第一碗汤后，我行动了，把所有事情都告诉了他们！竞赛的事情、我的主题的由来，以及只要能拿出优秀的作品，就有可能在《真正的儿童世界》里出镜这个大好消息。听完我的故事，博嘟囔了两句；妈妈说她为我感到自豪；静怡往我脸上扔了个饺子，我猜这是她庆祝的方式；爸爸则轻轻揉了揉我的头发，他只有在对我非常满意时才会这样做。他还说我可以随意选择甜品，所以我点了三颗巧克力冰激凌球，还在顶上撒了坚果。

我当然还想告诉爸爸妈妈，教堂的墙上有一位名叫利奥的英雄，他还获得了一枚十字勋章，但我不想在博面前说。从刚才的反应来看，他显然对我的事毫不在意。所以我要继续等待，等自己和爸爸妈妈独处时说。

博一吃完晚饭，就冲回了楼上自己的房间。静怡在楼下的小床上睡着了。爸爸妈妈在客厅看他们最喜欢的电视剧。

“爸爸？”

“唔？”

爸爸嚼着一块辣味饼干，专注地看着电视。

“新加坡现在几点了？”

我的问题立刻引起爸爸的好奇，他转过头来看着我。妈妈还在看电视，被剧中角色摔进灌木丛的场景逗得哈哈直笑。

“这个嘛，我看看……”爸爸抬头看向客厅里的大钟，“我们这里快晚上八点了，所以……”爸爸伸出手指数了数，“新加坡是早上四点。为什么问这个？”

“哦。”我感觉自己的计划要泡汤了。

“你为什么想知道这个，利奥？”爸爸又问了一遍。

“我，我……”我感觉自己的声音越来越小，只能强迫自己再大点儿声，“我想问……能不能给那边的人打个电话。”

“给谁打电话？”妈妈也转过来看着我了。

“给姨奶奶，林。”我想也没想就脱口而出。林奶奶是爸爸认识的年纪最大的阿姨。她住在印度尼西亚，每年至少会过来探望我们一次，每次来都会跟大家说各种家族故事。

“我……我想看看她知不知道为什么爷爷给我起名叫‘利奥’。”也许她知道那位和我同名同姓的士兵，说不定她跟那位士兵是同学。

妈妈拿起遥控器，对着电视按下暂停键。“为什么你突然对自己的名字这么感兴趣？”

“是学校里有人欺负你吗，利奥？”爸爸问道，坐直了身子。

我摇摇头。“没有，我是为了完成展板的任务，”我答道，“我是负责展板的队长。我要找到一位被遗忘的真正的英雄。就像罗切斯特大教室墙上的那位英雄，那位跟我有着相同姓名的英雄。”

爸爸妈妈一直盯着我，甚至忘了咀嚼嘴里的饼干。我滔滔不绝地跟他们描述那个名字被刻在墙上的英雄利奥、他的金色雄狮，以及我为什么一定要挖掘他的信息，还要把他的故事放上展板让全世界的人都认识他。

听我说完后，爸爸恍然大悟。“啊！怪不得。”

妈妈只是摇了摇头。“亲爱的，真没想到竟有一位士兵和你同名。但我不认为林奶奶或家里有其他人会认识他。亚洲有很多人都参与了那场战争，但我们的历史书并没有记载他们的名字，”妈妈将我拉到她身边，“很多士兵回来后也对战场上的事闭口不谈。”

“所以你早就知道我们国家的人也参战了？”我很疑惑，为什么他们以前从来不跟我说这些事。难道我是唯一一个不知道的吗？

“当然了，”爸爸说，“所以那场战争才被叫作‘世界大战’，利奥。全世界应该没有一个国家不受牵连。”

“那……我们家族里有没有人出国作战，然后死……死在了异国他乡的战场上呢？”我有些结巴，用力拉了拉妈妈的手。

“也许有吧，”妈妈说，“但问题是，我们真的不太清楚。”

“哦……”我的心像一艘刚刚遭遇轰炸的战舰，正慢慢沉入海底。我又绞尽脑汁地想了一下自己要问什么，终于，我决定从其他方向切入。“那林奶奶会不会记得，为什么爷爷叫我‘利奥’呢？”我问罢，马上在心里祈祷。

爸爸摇了摇头。“不太可能。如果她知道，应该早就告诉我们了。”

“苏呢？”妈妈看着爸爸，问道，“她有可能知道。你爸爸去世前一直是她在照顾。”

突然，在我心头下沉的那艘战舰又浮上了水面。没错！苏姑姑！爸爸的姐姐！她只来探望过我们一次，但她有记笔记的习惯，而且我知道，爷爷奶奶去世后，她一直住在他们的房子里。她一定知道些什么！

“哦！我们能给她打电话吗？”我问，“拜托……”

爸爸叹了口气。“利奥，她不知道。我问过她，在你刚出生的时候。没有人知道原因。也许这是天意。你的名字注定成为一个谜团。”

“可是，也许他们以前不记得，现在又想起来了呢？”我执着地追问道。

妈妈把我紧紧抱在怀里。“这不太可能，亲爱的。就这样，别再问了。时候不早了，你该睡觉了。”妈妈亲了我一下。

我慢慢爬上楼梯，躺在床上。但我努力保持着清醒，不让自己睡着。如果爸爸妈妈不能帮我打电话给亲戚，那我就不得不亲自出马了。家里有一本厚厚的电话本，上面有几百万个亲戚朋友的电话号码，我知道它在哪儿。虽然我们这边是晚上，但当爸爸妈妈睡觉时，那边的人已经起床了。

为了保持清醒，我决定把脑海中关于展板的想法画出来。我先画了大教堂的外观，这一次比之前交上去的作业好看多了。然后，我在门上画了一头金色的狮子，写上英雄利奥的名字。接着，我要把在博物馆看到的皇家空军勋章画出来。但我画的雄鹰就像一只秃头的大鸵鸟，就在我着手修改时，爸爸在门外大喊着让我赶紧关灯睡觉。

我拿出几个小小的夜光外星人模型，把自己蒙在被子里，坐得直直的，像坐在一顶帐篷里。我假装外星人是敌军，而我则是英雄利奥，正驾驶着印有金狮标志的战机，英勇地冲入战火中。我把夜光敌军一个接一个地击倒，时而转向以躲避攻击，时而左右倾斜，最终直捣黄龙。我正准备飞向大海，突然，我听见卧室门被拧开的声音！

我立刻躺倒在床上，扮演一个裹着被单而非绷带的埃及木乃伊。我屏住呼吸，一动不动。爸爸轻声唤我的名字，看我睡了没有。之后他关上门，又大声喊博去睡觉。

爸爸妈妈终于要休息了。

我一把掀开被子，蹑手蹑脚地走到门边，贴在门缝上侧耳倾听。爸爸妈妈的房间门和厕所门不停地开开关关。我感觉自己仿佛等了整整三年，快要变成十二岁了，家里终于彻底安静下来，连静怡都没动静了。

现在就是……我的机会！

我抓起几个外星人模型，踮起脚尖走出房间，一步一步地往楼下走去。每走几步，我就举起外星人，用它们发出的幽幽绿光照亮黑暗。

吱——

我不小心踩到了一块松动的地板！我绷紧身体，定在原地。

屋子里依然是一片黑森森的寂静。真是万幸，没有人听到我的动静。

我小心翼翼地用脚指头感受着每一级台阶，慢慢地挪到餐厅，走到立在餐桌后的大木柜前。柜门是锁着的，但钥匙就插在锁上。我扭动钥匙。

打开柜门，展现在我面前的是两排满满当当的书籍、报纸和敞开的信封。我缓缓伸出手，从最上层取下最大、最重的本子。这就是爸爸妈妈的电话本。里面不仅塞了许多夹页，还贴了无数张便利贴，每一张便利贴上都写着来自世界各地的亲戚们的电话号码和名字。就这样，这个电话本变得和教科书一样大，甚至比教科书还重。

我抱着电话本，走到沙发边，打开台灯，在灯下寻找以“L”开头的名字所在的页码。林奶奶似乎认识新加坡、马来西亚、印度尼西亚的所有人，所以，也许她认识的某个人听说过英雄利奥呢？就算她不认识这样的人，也有可能听说过我名字的由来。

我的手指和视线像激光一样扫描着一连串的名单，终于，我找到了林奶奶的名字。在她的名字下方，躺着一串长长的数字，这是我见过的最长的电话号码了。我知道，从这里给她打电话，费用一定很高。但爸爸妈妈经常打给世界各地的人，所以他们应该不会注意到电话账单上多了一个号码。

我拿起听筒，小心翼翼地按动数字键，看着它们逐个在小小的暗绿色屏幕上显示出来。终于，我输完了最后一个号码，于是熄灭台灯，在黑暗中安静地等待，努力压抑自己激动的心情。

我等啊等，等啊等，但听筒里只传来“嘀——”的一声。几秒钟后，我听见机械女声说：“抱歉，您拨打的用户无法接通。”

我马上将台灯扭亮，仔细对照电话本，又拨打了一遍电话。还是没有拨通，只有讨厌的提示音！

我放弃了这个号码，赶紧翻找以字母“S”开头的名字。有很多姓苏的人，但我立刻找到了苏姑姑的名字——她的名字旁边画了一个星号。

* Su（姐姐——塔戈雷镇，26 区）

我拨打了她的电话。没想到她的号码比林奶奶的还要长。接着，我把台灯关掉，手指、脚趾都紧张地纠缠在一起，等待着。

“拜托，接通吧，接通吧。”我对着听筒闷声说道。

铃铃铃——铃铃铃——

通了！

铃铃铃——铃铃铃——

铃铃铃——铃铃铃——

“求求你接电话吧……”我祈祷着。

铃——

“你好？[1]”

“苏姑姑？”我悄声说道，声音和手指都颤抖起来，“是您吗？”

“哈？你是谁？”苏姑姑在听筒另一头大声回应道，我敢说，她快把一屋子的人都吵醒了！

“嘘！苏姑姑，是我，利奥！您的侄子利奥。我在沃特村，在英国！”

“利奥？英国？你为什么这个时候打电话给我？哦，不！

[1] 此处原文是中文。

不会吧！你爸爸怎么了？出事了吗？他死了吗？我早就告诉他不要住在那个又冷又潮湿的地方！”

“哦，不是的！”我压着嗓子回应道，紧紧地抓着听筒，试图用自己的脸蒙住她的声音，“苏姑姑，没什么事。爸爸、妈妈，所有人都很好！我只是想问您一些事情。”

“问我什么？”苏姑姑的声音越来越洪亮。

“我……我只是想问，您听没听说过一位士兵，一位曾参与作战的英雄，名叫利奥？他死在了这里，英国，罗切斯特？他和我的名字一模一样。”

电话另一端沉默了。

“您好？您好？苏姑姑？”我紧张地盯着座机。

“你一大早把我吵醒，让我差点儿吓死在床上，就是为了问我这么傻的问题？”苏姑姑大吼一声。

我不知道该说些什么，只好保持沉默，静静等待。

一声叹息从听筒里传来，我耳边的空气顿时变得闷热，耳朵也渗出汗水。“没有，利奥，我从未听说过有什么士兵和你同名，参加过战争，还死在了‘萝卜丝特’？你问这个干吗？”

“这是……这是学校……布置的任务。”我说。

“啊，这样啊，但我还是不知道。”苏姑姑无奈地说。

我失望地放松了手指。“哦……好吧，那您知道为什么爷爷让爸爸妈妈给我起名叫‘利奥’吗？”

听筒两端都安静下来，过了好一会儿，苏姑姑才再度开口。这一次，她的声音温和了些，听起来有点儿伤感。“很抱歉，利奥，你爷爷没跟任何人说过。他只说这个名字跟一位老邻居有关。他说晚些时候，等他见到你之后，再跟大家解释，但再也不会有那样的时刻了。”

“一位邻居？”我的心跳得越来越快，“您是说，一位名字叫利奥的邻居？”

“利奥？你在做什么？”一声呵斥如雷鸣般响起，客厅的灯全亮了。

我吓得浑身一抖，刺眼的灯光让我瞬间睁不开眼睛。厚重的电话本从桌上“哗啦”一声掉到地上，听筒也从我手中滑落，“咚”地落在桌上。

爸爸穿着背心和短裤，一只手握着棒球棒，另一只手抓着一个不是很亮的外星人模型，身后还跟着博。我们如同雕像般石化在原地。这时，从电话那头传来了来自世界另一端的苏姑姑的尖叫声：“利奥？发生什么了？天啊！你死了吗？”

展板小队

“哇哦，你竟然还活着！”桑吉塔说，“如果我爸爸妈妈发现我偷了他们的电话本，那后果肯定不堪设想！有一次，妈妈以为电话本不见了，急得差点儿打电话报警。我在购物中心走丢的时候，她都没想着报警！真不敢相信，你竟然不用受惩罚！”

事实上，连我自己都不敢相信。那天晚上，爸爸发现我之后，跟苏姑姑聊了两句，向她道歉，博则一直冲我摇头，仿佛我是这个世界上最愚蠢的人。爸爸说他要好好想想怎么惩罚我，然后他就让我去睡觉了。但无论是吃早餐的时候，还是在上学的路上，他都对惩罚的事只字不提。怎么想都感觉更糟糕了。

“嘿，克丽买了一个新的跳跳球！趁着还没上课，咱们赶紧去看一看吧！”桑吉塔向我吆喝了一声，朝克丽跑去。

克丽正在向同学们炫耀自己的新玩具。但我根本不在意那个跳跳球，虽然它每转一圈速度就会变快，玩起来无比刺激，样子也非常酷炫，全世界所有顶级足球运动员都在玩。

也许我生病了。

我低着头，迈着沉重的步伐跟在桑吉塔身后，想着下一步该怎么做。新加坡最有可能是英雄利奥的故乡，如果连那里都没有人知道他的来历，那我还有可能在英国找到关于他的信息吗？

“嘿！看路，笨蛋！”

是凯瑟琳。站在她旁边的是托比和哈利。我无意中闯入了他们三人组的地盘。

托比向前一步，推了一下我的肩膀。“赶紧消失，废物！滚回你的老家去。”

我看着他们，没有动。我很想鼓起勇气，也朝他们的肩膀上用力推一把，让他们从我眼前消失。但托比举起拳头朝向我时，我下意识抬起手臂，护住了自己的脑袋。

“哈哈！胆小如鼠！”托比嘲讽道，“我猜你们家里人都是胆小的臭老鼠，和你一样！”

“没错，”凯瑟琳不屑地说，“胆小的老鼠，说不定动不动就被吓得尿裤子！”

“哈哈！”托比大笑，“对！嘿，废物！你不如在那个愚蠢的展板上介绍一些尿裤子的废物吧。哈哈！走吧，别理这个巨婴了，待会儿他要跑回去找臭臭的妈咪告状了！”

托比带着凯瑟琳和哈利跑远了，但他的笑声却没有消失，反而像一阵飓风席卷了我心头，攻击着那个旧伤口。真希望那个伤口能消失不见，但现在它却在说，我就是一只胆小的老鼠，和爸爸一样。甚至，我的家族都是这样的人。

我转身朝教学楼跑去。我想把大门打开，这样就能将自己藏进大楼里了。但所有大门都关得紧紧的。突然，上课铃声响起，金属大门“啪”的一声开了，直接撞在我的脸上。

“没事吧，利奥？”负责早上打开大门的威克斯老师关心地问道。我身后现在还没有别人，但我能听见无数脚步声朝我涌来。

我揉了揉被铁门撞到的鼻子，没有理会威克斯老师，默默地从他身边快速走过，朝教室跑去。教室里整洁温馨，只有斯科特老师在。

“啊！你是第一个到的，利奥，不错，不错！”

斯科特老师朝我微笑，但我根本不想看他。我把书包甩到课桌下面，外套也懒得脱，一屁股坐在椅子上，低头盯着课桌发呆。

“发生什么事了，利奥？”斯科特老师问。

我摇摇头，继续盯着课桌。

“你知道吗？我觉得你能主动要求当展板小队的队长真是太棒了。我很期待看到你别出心裁的作品。”

我惊讶地抬起头，完全没想到斯科特老师会对我说出这样的话。通常，在上课点名前，他不是忙着擦黑板，就是忙着收拾讲台，根本没时间和人说话。

斯科特老师走过来，站在我的课桌前。这时候，伊夫琳和克丽正嬉笑着走进教室。斯科特老师没有顾上她们，而是蹲下身子，问我："你有什么想法吗？在布置展板这方面？"

我点点头，还是没有看他，从书包里拿出昨晚画的设计图。我希望他在大家都进班之前看完。

斯科特老师接过画纸，放在眼前仔细地看。"啊，大教堂和金狮，还有墙上那位和你同名同姓的士兵。不错……想法很出彩，利奥。"他把画纸还给我，"我迫不及待想认识这位利奥了。你要好好想想怎么在展板上把他介绍给同学们，还有演出中。"

我还没来得及抬头看斯科特老师，他就站了起来，批评奥斯卡乱吐口香糖。我低下头，看着自己的设计，看着利奥的名字和那枚带有鸵鸟般的雄鹰标志的皇家空军勋章。斯科特老师并不觉得我的想法愚蠢。只要能挖掘出大量关于英雄利奥的信息，也许我还能在演出中扮演他！我以前从未想到过这一点。我心上的伤似乎小了一些。

"嘿，利奥，你去哪儿了？"德鲁用力地往椅子上一坐，"桑吉塔到处找你。"

"就是啊，"南希说，她的脸颊红扑扑的，像是刚参加了一场越野比赛，"你错过了一次玩跳跳球的机会！简直太好玩啦！"

话音刚落，桑吉塔就冒了出来。"嘿！你去哪儿了？我到处找你。"

"我……呃……有点儿冷。"我随口编了个理由。明媚的阳光此时正从窗外照射进来，在我们的课桌上铺开一大片金黄。

桑吉塔张了张嘴，似乎想说些什么，幸运的是，斯科特老师打断了她的话。

“好，听好了，同学们，”斯卡特老师大声说道，把考勤表放进抽屉里，“我们今天的任务非常多。请已经在通知单上签好字的同学，把单子放到我的桌上。”

几乎半个班的同学都拿着自己的单子往讲台上挤。虽然我闯了祸，妈妈还是帮我签好名了。我跟在桑吉塔身后，急忙把自己的通知单也交上去。

“干得漂亮，孩子们。剩下的同学，记住，本周五前一定要上交！现在，负责演出的队长来 1 号桌，过来这里。”他指了指教室左边，“负责展板的队长，到这边来。”斯科特老师指了指我和桑吉塔的课桌，“坐了队长桌又不是队长的同学，请先坐到其他位置。快速！换座位之前记得拿出你们的作品。现在是时候展示一下了。”

话音刚落，半个班的同学站起来，着急忙慌地找位置。在一番推推搡搡中，大家终于在正确的位置落座了。加里、伊夫琳和劳拉坐在我身边，一脸严肃地将作业本拍在课桌上。

“好了，队长们，”斯科特老师微笑着说道，“今天早上，你们要认真聆听。我希望你们能绞尽脑汁，思考如何把所有故事以一种公平又新奇的方式展示出来。其他同学，是时候讲述你们的故事了。为你的主角带来荣耀吧！谁先来？”

奥斯卡和桑吉塔立刻把手举得高高的，但斯科特老师选择了南希，即便她根本没有举手。南希紧紧地攥着她的作品，站起来，给我们讲述了她曾姨奶奶在工厂制造食物罐头，并分发给成百上千万士兵的故事。她的声音一开始很小，但说着说着，变得铿锵有力起来。故事讲完了，她看起来格外幸福和骄傲。

接下来是克丽，然后是德鲁、托比、劳拉……一个接一个，几乎全班同学都展示了自己的创作。上场的所有人都讲述了他们家族中参与过作战或在战斗中幸存的成员，他们希望全世界都能记住这些老前辈。奥斯卡站起来滔滔不绝地描绘他的曾曾祖父在一场大战中的英姿，还拿番茄酱当血液现场演绎。我却对在众人面前展示作品这件事感到越发焦虑，尤其是我手头上还没有任何有关英雄利奥的资料。

“那么，利奥呢？”

我一听到斯科特老师点名，立马跳了起来，像机关枪一样快速说道：“我要介绍的是那个与我同名同姓的人，那个被刻在大教堂墙上、拥有金狮雕像的人。”说完，我马上坐下，耳朵烫得像是要掉下来了。

“不错，我们很期待。”斯科特老师说，“既然我们已经听了所有同学的想法，队长们，我将发给你们一张用来设计展板的图纸，希望你们能好好讨论如何把所有故事合理地编排到展板上，同时也要搬到舞台上。另外，给这次活动想一个标题，它将是你们凝聚团队力量的武器。其他同学，拿出练习册，安静地完成第七章的练习！”

我低头看着面前这张巨大的空白图纸，凝思片刻，抬头看向伊夫琳、劳拉和加里，他们正准备去拿彩笔。

“好，我们要决定怎么安排每个人的故事，”伊夫琳说，“故事太多了！大家有什么主意吗？”

“我有！”我还来不及思考就毛遂自荐了。但下一秒，我的大脑仿佛被冻住了一般。我什么也说不出来。

“你接着说呀。”加里期待地说。

“利奥，为什么不把自己的想法展示给团队看呢？就像你早些时候给我看的那样？”过来查看进展的斯科特老师说道。

他的话把我的大脑解冻了，我的手也恢复了知觉。我拿起自己的作业本，翻开昨晚的设计图。“我想……也许我们能把之前参观过的大教堂画出来，然后把被遗忘的英雄，还有我们想纪念的英雄的名字，都写在大教堂的墙砖上。我们可以把他们的故事和形象放在名字旁边。就像这样，我把那位和我同名的士兵的名字写在这里，旁边画上了他得到的皇家空军勋章。”我补充道，指着那枚完全不像雄鹰的雄鹰，“所有人都可以把自己刚才说的故事记录在上面……这就会变成一面充满故事的墙。”

伊夫琳和加里异口同声地说：“真酷。”

“那我们该给它起个什么标题呢？”劳拉问道。

我思考了整整一秒，然后把海报拉近，拿起一支黑色大头笔，写下几个大大的字：

亲爱的被遗忘的英雄

一位新伙伴

从那天开始，直到周五中午的下课铃声响起，整整两天半的时间里，全班同学都在全力以赴，大家这辈子还没这么用功过。

斯科特老师将全班分成两支队伍——展板分队和演出分队，每队各由四位“将军队长”带领。大家有一个共同的目标——打败其他学校，让我们的作品脱颖而出，成为《真正的儿童世界》节目中的胜利者。

当然，全校同学都在为这件事兴奋不已。菲茨杰拉德校长宣布《真正的儿童世界》节目组将对我们班进行拍摄后，课间休息时，其他班级的同学也不和我们交换糖果或者玩抓人游戏了，而是不停地说着关于上镜的小技巧，比如，“多喷点儿除臭剂，这样身体才不会发出异味”“衣服至少要熨三遍，包括内裤，因为衣服上镜之后都会显皱”，以及“录影前一晚要喝三杯牛奶，这样牙齿才会变得更白”。

我也想和校园里的其他同学一样兴奋，但心情却越来越沉重，因为无论我多么努力地去寻找，通过多少途径去搜索，都找不到任何与英雄利奥有关的信息。

斯科特老师希望我们在周五放学前提交所有作品的初稿，可现在已经是周五中午了，我还是对英雄利奥一无所知。

桑吉塔也很苦恼。她在网上找到了一些来自亚洲和非洲的人民参加作战的老照片，但照片上没有标注任何名字。此外，她从大教堂的墙上选择了一位名为“R. 辛格”的士兵，却找不到关于他的任何线索。我们简直要怀疑，那面墙是不是在撒谎，刻在上面的那些名字是不是根本就不存在。斯科特老师也想帮助我们，他用自己的电脑进行了搜索，但结果一样，没有任何信息。

“我放弃了。”桑吉塔把手上的书用力地合起来，塞回书架上。这本书我们两个人都来回看过两遍了。“没用的，照这样下去，本和莉莉不可能采访我们。别人都把故事准备好了，可我们还一无所获。”

我的肚子也生气地咕咕响。午休接近尾声，我们也把书架上的每一本和第二次世界大战有关的书看了两遍。桑吉塔说得对，本和莉莉，还有《真正的儿童世界》，根本不会把我们，把英雄利奥或者 R. 辛格放在眼里。没有一本书关心我们，他们又怎么在意我们呢？

不对，除了奥利维娅撕掉的那本书……

既然我已经知道来自某些国家的英雄都悄无声息地消失

了，那就无法对这一切视若无睹。我相信，他们就像被下了隐身咒，隐匿在既已出版的书本中，等待后世之人去发现。

“走吧，看看餐厅还开着吗。”桑吉塔说，“也许我们午休结束前还能要到一些吃的东西。”

餐厅里已经打扫干净了，银色百叶窗也合上了。我的鼻子还能捕捉到空气中薯片和炸鱼条的味道，就像一种会让人垂涎欲滴的香水，让我的肚子“咕咕”作响。桑吉塔的肚子也“咕咕”地回应了我。

“我们是出去还是回教室？”桑吉塔问，“我们只剩……”

“喂，你们去哪儿了？我们一直在等你们！”

我们抬头一看，南希和德鲁从一个拐角处探出脑袋。他们仔细察看了一番，确认附近没有老师后，踮着脚，小跑到我们身边。他们都戴着兜帽，看起来就像是神秘的超级英雄。

“来。”南希的脸因为兴奋而涨得通红，把手摊开朝我们伸来。

她手心里有一小包用纸巾包起来的薯片和两块蛋糕。

“我们特意留的，”德鲁悄声说，“我们猜你们肯定又错过午餐了。”

“不，这是我留的。”南希摇了摇头，“这些是从我的饭里省出来的。你什么都没留！”

“好吧，但这纸巾可是我的。”德鲁不服气地反驳道。

“哦，小淘气们！”我大叫一声，抓了一把薯片和蛋糕，全部塞进嘴里，“我快饿死了！谢谢！”

桑吉塔拿起一片薯片，就像一头吃东西很快的骆驼，快速消灭了它，又伸手拿了一片。

“想在上课前去玩一局游戏吗？”德鲁瞄了一眼操场，向我们提议道。

“我们去看看接待处的展板吧！”桑吉塔建议道，“这样我们就能想象自己的作品放在上面的样子了，”她抓住我和南希的手臂，“也许看着展板，我们能想出一些新法子去寻找英雄利奥、R. 辛格先生和其他英雄。”

“还是没能在图书馆有什么发现吗？”南希向我们投来同情的目光。

桑吉塔摇摇头。“但这可能是因为我们的思维被局限住了。爸爸每次遇到瓶颈都会找个东西盯着看。所以，我们可以试试盯着展板，或许会有帮助。”

“好啊。”我嘴上答应了，心里却充满疑惑。

主展板被高高地挂在接待处，这是学校最气派的入口，通向菲茨杰拉德校长办公室所在的特殊走廊。平时，我们是不可以往那里去的，除非我们的家长有话要对老师说，或者我们在学校生病了，必须回家。但是，餐厅的后门有一排落地窗，如果把脸紧紧地贴在窗户上，就可以看到接待处的摆设。

我们正是这样做的。

“真是壮观啊……”南希不由得发出感叹，德鲁的脸也情不自禁地从窗户上滑落，鼻子蹭在玻璃上，发出“嘎吱”一声。

南希说得对，这个展板太大了。这个月，有一个高年级的班级在这里做过关于气候变化的展示，场地上还残留着大量塑料瓶、被压扁的易拉罐和糖果包装纸，简直像一片垃圾的海洋，“海水”中还有几只皱着眉的海龟和一脸悲伤的鲸鱼。

“你可以在那里放好多、好多东西。”桑吉塔小声地说。

“对啊，你甚至可以把我放上去，用订书机订上去，也占不满整块展板！”德鲁激动地说。

桑吉塔还在目测大教堂该画多高，而南希和德鲁则开始争执要不要在展板的每一条边上都洒上闪粉。我却高兴不起来。展板很大，我却没有任何内容可以去填满它。

“嘿，你是利奥吗？”

突如其来的声音把我们都吓了一跳。

我们转过身去，结果都被惊掉了下巴。

是奥利维娅。她正双臂抱胸站在我们面前，左膝上画了一辆拖拉机，右膝上画了一辆双层巴士。重点是，她刚才叫了我的名字。她竟然知道我的名字！

“对，我……我是利奥。”我回答道。

奥利维娅吹出一个亮蓝色的口香糖泡泡，又“啪”的一声把它弄破了。“我能和你说句话吗，单独说。”她看似在询问，语气又不像，反而像在下达命令。

德鲁马上闭嘴，连走带跑地离开了餐厅。桑吉塔小声对我说：“我们在外面等你。”说完，她就拉着南希的手臂走了。

确定整个餐厅没有别人后，奥利维娅走到我身后，透过玻璃窗看向接待处，又抬头看向展板。

她为什么要和我单独说话？为什么要把图书馆里的书撕掉？但我知道如果我先开口，她很可能从此再也不会和我说话了。我静静等待着。

“我听说是你提议寻找被遗忘的英雄的？”她问道。

我点头。

“挺酷的。”她将视线从展板转向我，眯起眼睛，上下左右打量着我，像一台配备了激光眼的机器人。她一边瞧，一边又吹出一个亮蓝色的泡泡，然后“啪”的一声将它吹爆。终于，她开口说话了。“我想我可以帮你。前提是，你得先帮我。”

“你想帮我？但是为……为什么呢？”我惊讶得合不拢嘴。

奥利维娅摸了下鼻子。“因为我知道有一个人应该出现在你的展板上，应该出现在《真正的儿童世界》这个节目上。这个人也被遗忘了，但他应该得到世人的纪念，因为他也是一位真正的英雄。”

“谁？”我迫不及待地问道。

奥利维娅摇摇头。“你先答应我，把我的故事加到你的展板上，然后我会告诉你他是谁。成交？”

我回头看了一眼展板，不知道是否有足够的空间，也不知道自己是否有足够的时间去挖掘另一个被遗忘的故事。我犹豫了一秒钟，同意了。我想，如果是英雄利奥，他也会做出同样的选择。他会希望所有和他有相同处境的人活在世人的记忆中，而不是被遗忘。我和桑吉塔必须帮忙，即使这意味着我们要付出更多努力，从展板上挤出更多位置。

我转过头来，握住奥利维娅的手。

“很好，”奥利维娅说，“现在我是你们队的人了，但你必须保密。可以吗？”

我低头看着自己的手。应该不会有人相信，世界上最酷的女孩奥利维娅正在与我握手！

“放学之后，到小卖部后面找我。”奥利维娅命令道，“不要被别人看到。带上那个奇怪的女生——总是穿着雨靴、话很多的那个。她也能帮上忙，因为，我们都是一样的。你知道的——我们和别人不同。”她吹出最后一个蓝色泡泡，转身离开了，留我震惊地站在餐厅里。

机密信息

“同学们，在你们赶回家过周末之前，还有几件事！”斯科特老师大声宣布道。

终于到放学时间了！我终于能去找奥利维娅了！我在心里默默祈祷着斯科特老师能快点儿把他要说的话说完。

“第一件事，我要表扬同学们，你们创造了一个奇迹，在规定时间内把同意书都交上来了。第二件事，我们已经收到正式通知，下周，《真正的儿童世界》节目组就会到我们学校进行为期一至两天的拍摄，主要是拍同学们努力布展的过程；运气好的话，他们可能会和个别同学聊聊天。所以，我希望所有人都拿出自己的最佳状态。明白吗？”

“老师，他们哪天来？”伊夫琳迫不及待地追问道。

斯科特老师耸耸肩。“他们没有说，只知道是下周的某一天。”

桑吉塔问："老师！本和莉莉会来吗？"

斯科特老师摇摇头，所有人都泄气地嘟囔起来。"他们下下周才会过来看我们的作品——如果我们能获胜。"

"哦，拜托！"托比大声喊道。

"确实让人不爽，"斯科特老师赞同道，"不过这也能激励我们更加努力。现在，大家可以回家了。这周末，大家要尽可能多地完成自己的作品！"

桑吉塔猛地跳起来，她的辫子狠狠地抽在我的脸上。她麻利地把东西扔进背包，然后不耐烦地待在一旁，等我收拾好铅笔盒和课本。就在我们打算朝教室门口冲刺时，德鲁和南希不约而同地朝我们竖起大拇指。他们知道我们要去哪儿，去做什么。

穿过操场，我沿着小卖部后墙和校门之间的一条杂草丛生的狭窄通道往前走。桑吉塔紧紧地跟在我身后，时不时撞我一下。

奥利维娅已经到了，她身边还有两个朋友。她们一定是听到了桑吉塔那双亮黄色雨靴发出的嘎吱声，所以马上抬起头看向我们。奥利维娅看到我们后，朝她的朋友们点了点头，她们就转身离开了，一边走还一边皱着眉打量我们。大家都知道，如果你想和奥利维娅做朋友，就要先掌握一项技能——一言不发地皱着眉头打量别人整整五分钟。

"嘿。"奥利维娅跟我们打了个招呼。

桑吉塔紧张地招了招手。我还从没见过她这么安静。

"谢谢你帮我把这个故事放到展板上，"奥利维娅警觉地左右张望，确保周围没有其他人，"记住，这件事必须保密，连我的朋友都不知道。她们以为我是想从你们嘴里套出《真正的儿童世界》的主持人本和莉莉什么时候来。”

奥利维娅从莹白的及膝长袜里拿出了一张折起来的纸。她把纸递给我。

我小心翼翼地展开。是一张老照片，照片中的男人留了薄薄一层毛茸茸的黑胡子，眼睛大大的，脸上洋溢着笑容，身穿军装，头戴军帽，衣着打扮和我们在博物馆里看到的其他士兵一样。他的军装外套上挂着皇家空军的勋章，照片的最下面还有几行字：

理查德 · 科乔 · 莫里斯

1917—1944

没有人愿意走向死亡

除非是为了拯救他的伙伴

西非国家烈士追悼活动

时间：1945 年 6 月 5 日 上午 11 点

地点：布里克斯顿[1]，圣马太教堂

诚挚欢迎

[1] 位于英国伦敦南部。

“哇哦。”我悄声感叹。

“你是从哪儿弄来的？”桑吉塔问道。我从没见她这么小声提问过。

奥利维娅朝我伸出手，直至我把这张宝贵的纸还给她。

“我找到的，在我爸爸的一本旧相册里。理查德•莫里斯是我的曾祖父。”

“哇哦！”我惊讶地大叫一声，桑吉塔马上朝我的脚踝踹了一脚。

奥利维娅把照片塞回长袜里。“问题是……我并不是很了解他。我只知道他死在了战场上。还有，他曾经是皇家空军的一员，和那个和你同名的人一样。”奥利维娅朝我点头示意，“我需要你帮我找到更多关于他的信息，把他的故事放到你的展板上，放到电视上，让所有人知道。”

桑吉塔转过头来看着我，却什么也没说。我知道，我们在想同一件事——我们能做的也许并没有奥利维娅想象的那么多。毕竟，我们连自己的故事都毫无头绪。

“我找不到一点儿关于他的信息，”奥利维娅接着说，“网上搜不到，历史书里也找不到。他甚至不在大教堂的墙上，也不存在于那里的任何一座纪念碑上。我问过爸爸妈妈，但他们几乎什么都不知道，只知道他在欧洲的某一场战争中牺牲了。但我想多了解他一些，让所有人都认识他。”奥利维娅挺直了背，看起来像长高了两英尺[1]。

“怪不得你把图书馆的书撕下来了。”我慌忙用手捂住自己的嘴。

“我只是借了那几页而已，”奥利维娅的脸红了，“我下周一就会把它们粘回去。我只是需要一些时间，好好读一读那些内容。我不想让任何人看到我把一本笨重的历史书借回家。不过那上面也没什么信息，只是一些照片而已。”

我叹了口气。看来那几页内容也没多大用处。

“但……但如果……那张照片里的人是你的曾祖父，难道你是……你妈妈……和你爸爸是……”桑吉塔咬住下唇，不知道该如何启齿。

我也不知道该如何问出口。我记得奥利维娅说过——我们三个是一样的，因为我们都与别人不同。难道这就是她所指的吗？

“我是混血儿，”奥利维娅肯定了我们的想法，她把声音压得很低，谨慎地左右看了看，“我妈妈是威尔士人，我爸爸的祖籍是加纳[2]，但他是在英国出生的！”她强调道，似乎这样就没那么糟了。

“但你看起来不像……”桑吉塔悄声说道，一边上下打量着奥利维娅的脸、手臂、头发和脸上淡棕色的雀斑，似乎在寻

[1] 英美制长度单位。1 英尺约合 30.48 厘米。

[2] 非洲西部国家。

找自己遗漏的线索。

“我和妈妈比较像，”奥利维娅解释道，“我很幸运，因为大家都看不出来。除非他们见过我爸爸，但他经常到海外出差。就算回来了，他也喜欢到处去旅游。没有人知道我的真实身份，连我最好的朋友都不知道。这是一个超、级、机、密。如果你们敢走漏一点儿风声，我会让你们后悔的。”

我和桑吉塔马上点点头，又马上摇摇头。

“我发誓。”我说道。

唉，如果我也是混血儿就好了。奥利维娅可真幸运。她能把自己生活中的另一面完美地隐藏起来，不用遭受霸凌和辱骂。而且她也因此变得更酷、更神秘、更深沉。但我又忍不住想，她爸爸知不知道自己的存在一直是一个秘密呢，还是说这就是他经常外出旅行的原因？虽然我总是遭受同学们的白眼和指指点点，甚至欺凌，但我不认为自己会希望哪天回到家后，发现爸爸不见了。

“所以说，你能帮我吗？”奥利维娅问道。

桑吉塔一脸担忧地看着我。我知道她在想什么，所以我往前站了一步。

“问题是，”知道奥利维娅也过着双重生活后，我也有了和她说话的勇气，“我们连自己想找的人都还没找到。”

“就连斯科特老师也一无所获。他帮我们找了好几天了。”桑吉塔平静地说。

奥利维娅又摸了摸鼻子。“哦，我以为你们会知道去哪里挖掘更多的资料和信息。”

桑吉塔摇摇头，但我没有这样做。有一个想法正在大脑中慢慢成形，我不想打断它。

“我能再看一眼那张纸吗？”我看着奥利维娅，问道。

奥利维娅从装载着秘密的长袜里把照片拿出来，交给我。

我将纸打开，凝视着理查德·莫里斯的脸。慢慢地，灵感越来越强烈了，形状也越发清晰起来。也许我们确实还有别的办法可以搞到信息！

“我有一个主意，”我悄声说道，“我知道该怎么找到我们的主角了——教堂里的利奥、R. 辛格和你的曾祖父，还有皇家空军队伍中的女性们。但必须先让他们相信我们……”

“让谁相信什么？”奥利维娅问道。

我朝桑吉塔和奥利维娅招招手，让她们围过来，然后小声说出自己的计划。把脑海中的计划说出来后，我感觉它更不真实，也更危险了。

“你疯了。”听完我的计划，桑吉塔连连摇头，“不可能成功的。”

“有可能！”我与她争辩道。

桑吉塔还是摇头。我看向奥利维娅，她正咬着下唇，一言不发地盯着地板。

“我想……我想我们至少应该尝试一下！”我说，“英雄利奥、你的曾祖父、R. 辛格和所有皇家空军队伍中的女性——他们一定会选择这样做！”

奥利维娅终于抬起头来。“好，就这样做吧，”她肯定地说，“明天！”

桑吉塔吓得倒吸了一口气。“不可能成功的。他们会知道是我们干的！”

“我们会成功的。”我承诺道。

“而且……而且明天我没时间！”桑吉塔接着说，“明天下午五点，我要参加一个婚礼，我还是伴娘呢。”

“到那个时候，我们早就结束了，”奥利维娅说，“估计用不了一小时。你们可以来我家，我能从父母的房间里把电话拿出来，再偷用一会儿我姐姐的平板电脑。我住在银行后面的那条街上……11 号。”

“你想让我们去你家？”桑吉塔问，“去……去你‘住的’家里？”

奥利维娅点了一下头。“是啊，怎么了？”

“没怎么。”桑吉塔回道，但我们都知道，这可不是一件小事。据我们所知，学校里还没有人去过奥利维娅的家，连她最好的朋友都没去过。而现在，奥利维娅突然邀请了我们，仿佛这是世界上再普通不过的事情！

我试图回忆这周末是否有家庭活动，但我决定不管了。爸爸妈妈曾经说过，学校是全世界最重要的地方，如果我不认真对待学校里的事情，那我就是在扼杀他们的梦想，在扼杀每一个认识我们的人的梦想。既然他们都这么说了，那我只好引用他们的话，让他们不得不放我去奥利维娅家。

桑吉塔一定又和我想到一块儿去了，因为我们不约而同地默默点了点头。

“好，”奥利维娅摸了摸长袜，确保她曾祖父的珍贵照片被安全地塞在那里，“我会把电话和其他东西准备好。下午两点，准时到我家来，那个时间我爸爸妈妈通常不在家。还有，记住，学校里的任何人都不能知道我们这次谈话的内容。永远不能。”

最后，奥利维娅朝我们郑重地点了一下头，我们顿时感觉自己就像是一名间谍，刚刚参加完最高级别机密的任务。就这样，她跑到操场上，消失在了人群中。

重大任务

“利奥，你怎么了？为什么今天总是蹦来蹦去的？我是带了一只青蛙来购物吗！”爸爸看着我，摇摇头，把手推车抢了过去。

我一直在摇晃手推车，把坐在里面的静怡也晃得来回摇摆。

“去，拿两包饼干。”爸爸吩咐道，他自己则在薯片货架边上站定不动，“一包给你自己，一包给博。我从这条通道过去。”

我转身跑了。爸爸妈妈决定，我今天一整天都要做额外的杂活和跑腿工作，以惩罚我那晚偷偷给苏姑姑打电话。他们答应我，如果我能出色地完成所有任务，就会考虑让我去奥利维娅家。

我一早上都在给妈妈洗车，给楼梯打蜡，还做了全世界最恶心的事——在静怡上大号之后帮她换纸尿片！那场面太让人窒息了，我差点儿晕过去。但我假装自己是一名战士，用毛巾把脑袋包住，当作“防毒面罩”。干完活后，爸爸仔细检查了我的清洁成果以及尿片是否粘贴妥当。经他鉴定，我的活干得非常出色，所以我还是很有希望去奥利维娅家的。

我今天的终极惩罚，就是要和爸爸一起去进行每周的例行购物。我们都很讨厌和爸爸一起购物，因为他从来不让任何人买任何不在购物清单上的东西，而且他还会逛遍每一排货架，哪怕他根本不需要那些货架上的东西。妈妈说，和爸爸去超市比生孩子还痛苦，所以她从来不去；博在他十二岁后萌发了独立意识，所以也拒绝和爸爸逛街；只有静怡还会陪爸爸去，因为她还不知道怎么拒绝别人。

我一路蹦跶着来到货架前，拿起我和博最喜欢的饼干，把它们扔进手推车。静怡看着我，乐得“咯咯”直笑。

“任务完成，”爸爸终于带着我们走过最后一排货架，“结账吧。”

我们在其中一个收银台前排队。我能感觉到其他队伍中，有人在悄悄盯着我和爸爸，还有静怡。爸爸也注意到了他人的目光，脸上挂起客气的微笑。他总是试图用这种笑容告诉别人，自己只是一个普通人，和他们一样。

我无视他们的眼神，盯着柜台边上的杂志架。所有杂志看起来都一个样，封面上都是一些名人，他们展示着自己柔顺的秀发、精致的面容和标准的笑容，以吸引那些和他们外表相似的人购买。我正准备回头逗静怡玩，突然，《沃特公报》的头版头条吸引了我的目光。

《沃特公报》一般只刊登和天气有关的事，或关于旧物义卖的最新消息，头版标题也通常是“寻狗启事：奶奶的狗走丢了”和“奶奶的狗找到了！”这样的话。但今天的标题有些不同。今天的标题是一件大事件：

《真正的儿童世界》节目组莅临
沃特学校成功入选全国竞赛

爸爸正忙着将手推车里的商品放到收银台上，我跑到杂志架边拿起一份《沃特公报》。这份报纸需要 1.5 英镑，可我却忘了把学校旅行剩下来的钱带在身上。这意味着……

“爸爸？”

“怎么了？”爸爸问道，把一根小胡瓜放在收银台的传送带上。

“爸爸，我能买一份报纸吗？”

爸爸皱起眉头。“为什么？”

“因为，你看，这上面有关于竞赛的报道，就是我们班参加的那个比赛。拜托——”我赶紧露出可怜巴巴的表情，哀求着，等待着。

爸爸俯下身仔细看了一眼，然后用全商场都能听到的音量大吼道：“1.5 英镑！而且这也不是清单上的东西！”接着，他“噗”地喷了一口气。每次遇到一些贵得不可思议的东西时，他的嘴巴总是会像放屁一样喷气。

“拜托……爸爸，”我不甘心地又试了一次，“我可以把饼干放回去。巧克力也不要了！或者，我可以明天接着干活？拜托了……”

“哎哟！就让他买一份报纸吧，小伙子。”一位站在我们身后的女士对爸爸说道。静怡也大喊了一声“爸爸”，然后拍起手来，好像在为我加油。

“好吧！”爸爸无奈地摇摇头，“这不是清单上的东西……但是，也行吧。就这一次！”

我回头看向那位女士，和她那粉嘟嘟的嘴唇。如果我朝她微笑，她会不会被我吓到呢？但她已经在朝我微笑了，所以我也露出笑容，然后把报纸放到传送带上，心情更加振奋了。

一回到家，我马上拿起报纸，在爸爸妈妈面前立正站好。现在已经快要一点钟了，我必须知道结果！

“妈妈，”我上气不接下气地说，“我能去吗？”

“好吧，可以，你可以去。”妈妈微笑着说，“只能去一两个小时！”

爸爸点点头。“先吃午饭，然后再收拾东西出门。我会让博送你到新朋友家。”

我给了他们一人一个热烈的拥抱，差点儿把我的报纸压皱了。快速解决完午餐后，我大步流星地冲上楼去。准备出发前，我快速浏览了一下报纸。报纸的头版印着本和莉莉的合照，然后是一大段对菲茨杰拉德校长的采访，她说学校能代表肯特郡参赛让她感到非常骄傲，她也很期待看到我们的作品。

翻过来的第二页上，有一张版面很大的校园照，旁边还列出了其他参赛学校的名单——有一所来自苏格兰，有两所来自威尔士，还有北爱尔兰的一所和英格兰的四所，其中也包括伦敦的学校。我真希望报纸能将他们的参赛作品列出来——但文章里说，所有参赛作品将会分两期在每周五的《真正的儿童世界》纪念日特别节目中揭晓。

分两期，周五播出。

时间过得真快……但我还是没有一丁点儿关于英雄利奥的信息！

“利奥！你准备好了吗？”爸爸在楼下大喊，“要走啦！博！带你弟弟下来！”

“马上来！”我大声回应道，然后跳下床，将报纸塞进早已收拾好的背包里，跑下楼去，准备进行第一次重大任务。

***

“你确定是 11 号楼吗？”我和博一起走到银行后面的街道上，他问道。

“奥利维娅是这么说的。”

转过街角，博问：“什么？你要去谁的家？”

“奥利维娅的家。奥利维娅·莫里斯。”然后我骄傲地补充了一句，“她可是学校里最酷的女孩。”

“等一下，”博放慢了脚步，“你说的是朱尔斯·莫里斯的妹妹？”

我耸耸肩。“可能是吧。看！我们到了！”

我将蓝色大门上闪亮的门牌号“11”指给博看，然后推开花园的大门，走了进去。但博没有跟上我的脚步。他还站在人行道上，捋了捋头发。

“你在做什么？”我问。

“没什么！”他朝我咆哮道，走进大门。

我按响门铃，想象着全校最酷的女孩的家会是什么样的。也许里面有一间电影院，可能还有游泳池。还有一间专门用来打游戏的房间。奥利维娅的房间里可能有最新款的游戏机！

几秒钟后，门开了，一个高个子女生站在我们面前，她有一头长长的深棕色鬈发和一双灰棕色的眼睛。她迷茫地看着我们，挂在脖子上的耳机里不断传出动感的音乐声。

“什么事？”她挑了下眉，问道。

我正准备说自己是来找奥利维娅的，博却突然插嘴道：“嘿……嘿，朱尔斯！我是博。”

我回头看向博，很好奇为什么他的脸红得像一碗草莓果冻。

“哦，对，大学同学。”朱尔斯又挑了下眉毛，“嘿。”

“嘿。”博走到门框边上想靠上去，却没有找准位置，直接从侧面溜出去了。这让他的脸更红了。

“我是利奥，”我大声介绍道，“我是来和奥利维娅一起写作业的，”我转头看着博，“你可以回去了！”

“不，没事，”博双手搭着我的肩膀，用异常低沉的声音说，

“我得好好照顾亲爱的弟弟呀，不是吗？”

“真温馨。”朱尔斯点评道，从嘴里吐出一个亮粉色的口香糖泡泡。

“没错，这就是我——温馨又甜蜜！像冰激凌一样可口。”博说罢，自顾自地笑了起来，好像自己很幽默。朱尔斯也笑了，似乎她也认为博很幽默。

屋子里传出一阵“咚咚”的下楼声。是奥利维娅，她穿着连体工装裤和亮紫色的 T 恤。我马上把博的手甩开。

“嘿，利奥，”奥利维娅说，“朱尔斯，这是利奥！我们要回房间去做作业了。”

“嗯哼。”朱尔斯随意地回应道，并没有在认真听。她还在笑博说的那个傻不拉几的笑话。

“他们两个怎么回事？”我们刚走进屋里，奥利维娅就不解地问道。

我耸了耸肩。“他们可能觉得冰激凌很有意思吧。”

“真可悲，”奥利维娅摇摇头，小声说道，“不过妈妈说，我姐姐现在荷尔蒙旺盛。显然，只要人长大了，身体里就会有大量的荷尔蒙，它们会让你的行为变得古怪。我希望自己永远不要有荷尔蒙。快来！桑吉塔已经到了。”

奥利维娅带我走上楼梯，来到她的房间。我快速将房间扫视了一遍。这里和我想象的非常不同，没有什么炫酷的游戏机，甚至连电脑都没有！但有一面墙上挂着一幅超大的世界地图，这倒是很新奇。她的书桌上方有一个用透明丝线悬挂起来的皇家空军飞机的纸模型，和我从礼品店买的一模一样。

桑吉塔抬头看了我一眼，朝我招招手。她正坐在一张紫色毛绒地毯上，穿着一条长长的亮蓝色的半裙和同色系的上衣，衣服上点缀着无数亮片、串珠和精美的刺绣。我知道这种裙子叫“楞哈”[1]，配套的紧身短袖露脐上衣叫“秋丽”，因为妈妈有些朋友也会穿这样的衣服来参加我们的派对。她手腕上戴着许多蓝银色的手镯，辫子上点缀着许多花瓣。

“我是伴娘，记得吗？”桑吉塔面露难色，看起来很痛苦，向我们解释道，“爸爸妈妈说，我必须换好衣服过来，否则时间就不够了。”

“我觉得你看起来太美了，”奥利维娅也在地毯上坐下，她的脚边放着一台白色的固定电话和一部大大的平板电脑，“像好莱坞的女演员，而且比她们还要闪亮。”

桑吉塔低头看着自己的衣服，拍拍裙子，似乎突然间为它感到很自豪。

“对了，看这里。”奥利维娅说道。我在她身边坐了下来。她拿起平板电脑，划动页面，将罗切斯特大教室的网页打开给我看。“我已经准备好了。我来拨号，然后利奥，你来说话。尽量快一点儿。如果我姐姐发现她的平板电脑不见了，我周一就不能去上学了，因为我会死在她手里。”

“等一下！你想让我负责通话？”听到这个安排，我感觉

[1] 印度传统服饰，小上衣加大裙摆和一条围巾，常用明艳的布料，搭配珠宝，用作出席重大场合。

喉咙突然一阵发紧，“我以为桑吉塔负责说话。”

“不行，我试过了，我的声音很奇怪，”桑吉塔说，“你听，”然后她揉了揉脸颊，捏住喉咙，用奇怪的声音说道，“‘你嚎’哇，我的名字是‘哼德森’。”

我双手紧握在一起，希望她的判断是错误的。但她说得没错。她的声音确实很怪异，像一个融化中的棉花糖在尖叫。

“你来扮演成年人更简单，因为你的声音比较低沉。”桑吉塔说。

“来吧，利奥，”奥利维娅催促道，“就说你昨天说的话。我们也会帮忙的！”

我还没来得及摇头拒绝，奥利维娅就拿起了听筒，用力地按动数字键。“来！”拨完号码后，她马上把听筒举到我面前，好像想甩开一个烫手的山芋，“压住你的声音，低沉一点儿，再低沉一点儿，明白吗？”

“别忘了打听 R. 辛格的消息！”桑吉塔提醒道，“注意说话的语气！”

我把听筒放在耳边，深吸一口气。电话打通了，一声……两声……三……

“你好，罗切斯特大教堂游客信息中心。我是蕾切尔。有什么能帮您的？”

“是一个女人！”我把听筒拿得远远的，压低了声音说道，“不是扬先生！”

“所以呢？你问她就是了！”桑吉塔也小声回应道，把听筒再次推到我耳边。

“你好？”电话那头的女性大声问道。

我尽可能地压低声音，提醒自己说话要有腔调，然后回答道：“在！呃，你好啊，我是，呃，韦斯特……伯利……汉普郡的市长！”

桑吉塔“啪”的一声把掌心拍在额头上，而奥利维娅则张着嘴，不敢置信地盯着我。

电话那头短暂地安静了一会儿，然后又传来声音，不过这次听起来似乎带着笑意：“好，咳咳！感谢您的来电，市长……先生。请问有什么能帮您的？”

“我呃……我就是呃……在想啊……”我的大脑突然一片空白，紧接着，金狮的图腾跃进我的脑海，“我呃……几周前，我去参观了大教堂……践行我的基本权利。那地方真是妙……啊！那个，扬先生……他给我介绍了一些刻在墙上的名字……非常有趣。呃……就是一些国……外的士兵的名字。真有趣！”

电话那头的女士又不说话了，我开始怀疑她是不是正通过秘密报警器给警察反映情况，像电影里演的那样。此时气氛非常凝重，桑吉塔和奥利维娅都把耳朵紧紧地贴在听筒上。然后，蕾切尔终于说话了，语气里带着好奇：“您是说我们为海外士兵制作的第二次世界大战纪念铭牌吗？”

我终于松了一口气。

“对！就是这个！你可真棒！蕾切尔……女士！你看，其中有一位士兵叫利奥·凯·林，他也是皇家空军的一员……还有一位 R. 辛格，也在你们的墙上……”我暂停休息了一下，以免声音过于颤抖，“我想请问你们有没有……”我忘了自己想说的是哪个词了，赶忙向桑吉塔和奥利维娅求助。

“文件！”桑吉塔哑着嗓子说，“档案！”

“最高机密！”奥利维娅补充道。

“呃……关于那些教堂里的士兵的最高机密文件、档案和信息，能给我看看吗？”我终于说完了。

我们静静地等待着，屏住呼吸，直到蕾切尔的声音缓慢地传来：“没有。我们没有任何关于士兵信息的记录。”

我的心就像是一块被抛入大海的船锚，重重地沉入海底。桑吉塔和奥利维娅也叹了口气。

“但我们记录了纪念铭牌的创建日期，以及负责制造铭牌的机构名称，”她接着说，“根据您说的信息，负责机构应该是皇家空军肯特分队下属的部门。”

“这没什么用。”奥利维娅小声说道，摇了摇头。

“所以，如果您能提供电话号码，尊敬的……啊……市长先生，我可以转告扬先生您打过电话，然后……”

“呃……不用了谢谢！”我大喊一声，“咣”地把听筒扔回了座机上。

我们无言对视了几秒钟，最后桑吉塔忍无可忍道：“韦斯特伯利汉普郡的市长？”

我耸耸肩，咧开嘴笑了。虽然没有得到想要的信息，但我做到了！我竟然给陌生人打了一通电话，而且全程靠自己完成了通话，没有卡壳，也没有心脏病发作。第一项重大任务，完成！

“我只能想到这个。”我说。

“来吧，接下来我们打给博物馆试试。”奥利维娅又拿起听筒，“他们属于皇家空军，又在肯特郡。也许他们就是制造纪念铭牌的人。”

桑吉塔在平板电脑上找到了博物馆的网页，奥利维娅输入电话号码。

“这一次，请你尽量装作一个正常的成年人。”桑吉塔建议道。

“对啊，别装成什么乱七八糟的市长……电话通了！快！”奥利维娅悄声说道。

她又把听筒塞到我手里，然后和我的脑袋碰在一起，静静地等待。

铃铃铃——铃铃铃——铃——

“中午好，我是菲利普，这里是英国皇家空军博物馆。请问您需要什么帮助吗？”

“你好啊，菲利普先生！我的名字是、是，呃……斯科特！”

奥利维娅无奈地直摇头，桑吉塔用唇语夸张地说：“什么！”我压根没想过要把斯科特老师的名字说出来！但说了之后，我反而想到一个能让我们得到信息的好法子。

“好的，呃，斯科特——先生对吗？有什么需要帮忙的？”菲利普问道。

“我是一位老师，呃……我的班级……我们……呃……我们想知道博物馆里有没有……第二次世界大战时皇家空军飞行员的人员名单，尤其是来自国外的飞行员，比如说来自新加坡，或者印度……加纳之类的？”

“您所说的士兵是否驾驶过‘喷火’战斗机或‘飓风’战斗机？”菲利普问道。

奥利维娅和桑吉塔同时朝我皱起眉头，好像我不该让他问出这样的问题来。

“我不清楚。”我努力让自己的声音听起来低沉一些。

“是这样的，我们有一本日志，里面记载了从一九三九年至一九四五年间所有驾驶过‘喷火’战斗机和‘飓风’战斗机的皇家空军飞行员。无论他们是从哪里应征入伍的。如果您想寻找的飞行员驾驶过这两种飞机，并且在日志上，那他们的详细信息就很有可能在我们的大数据库里。”

“真的吗？”我兴奋地大喊，忘了伪装出低沉的声音。

奥利维娅和桑吉塔吓得一动不动。

“我……是说，这真是太好啦！”我马上补充了一句，把声音压得极低，发出连我自己都认不出来的声音，“这个日志现在在哪儿？要花多少钱才能看到？你们卖门票吗？”

停顿片刻后，菲利普说：“日志就在博物馆二楼的大办公室里。”他听起来有点迟疑，“不需要费用，但是需要提前一周申请。申请通过后，我们会根据您的时间进行安排，让您浏览日志。”

“哦。”我回答道，却不知道接下来该说些什么。我只知道我们等不了一周。

“让他来找我们！”奥利维娅瞪大眼睛，小声地说，“就说你，你病得很严重！”

我点点头，接着说：“呃，明白了……问题是，菲利普先生，我……呃……”我不知道应该编个什么样的病，心像鼓点一般乱跳，最后脱口而出道，“我……我是盲人！”

电话另一头沉默了，而桑吉塔和奥利维娅则紧紧闭上双眼，似乎想假装没听到我刚才意外说出的话。

我强迫自己把这个史上最愚蠢的谎话继续编下去：“所以我看不到这个册子……你明白吗？你能不能帮我们……我是说帮我……查找一下，有没有我想找的那几位飞行员？现在方便吗？麻烦您了，我真诚地感谢您。”

“很抱歉，呃，斯科特先生。”菲利普放慢了语速，“您刚才说自己是代表哪一所学校致电来着？”

“不用了，谢谢！”我大喊一声，又把听筒摔到座机上。

我们就这样静静地呆坐了好一阵子，盯着脚边的电话机。

终于，桑吉塔开口了。“好吧，呃……刚才可真有意思。我们下一步该怎么做？”

“我想想，”奥利维娅笑了起来，“我们还是得找出日志里有哪些人的名字，你知——道的，电话……里……”她模仿我的语调，然后忍不住笑出声来。

桑吉塔也捂着嘴“咯咯咯”地笑了起来。几秒钟后，她们竟然在地毯上笑得直打滚。一开始我只是觉得自己真的太笨了，有点儿懊恼，但后来也忍不住笑了。

“你这个笨蛋！”奥利维娅大声说道，“你为什么说自己是盲人？”

“那位菲利普先生肯定摸不着头脑！”桑吉塔说道，抹掉眼角笑出的眼泪。

大笑真是让人心情舒畅，刚刚积聚的压力一下就释放了出来，像电饭煲喷出的几缕烟，消散在愉悦的空气中。

我们冷静下来，笑声化成凌乱的思绪，我们再一次变得安静且严肃。

“我想，我们可以填写申请单。”奥利维娅说。

“如果需要提前一周申请，那我们就来不及了。”我说，“我们来不及把他们的故事放到展板上。”我又开始感到绝望。那些和我、桑吉塔同名的人，还有和奥利维娅的曾祖父相似的人，也许注定要被世界遗忘了。

“要不我们再打一次？”桑吉塔建议道，“我和奥利维娅负责说话？”

奥利维娅和我都摇了摇头。

“我们不能再试了，两个不同的人在同一天询问相同的事情，这会引起怀疑的。”奥利维娅说。

“是的，”我赞同道，“他可能会认为我们在搞恶作剧，或许他会打电话给警察。”

大家一时间又陷入沉思。

“也许我们的思路错了，”奥利维娅说，“如果我们跟他说出实情，说不定他会愿意帮助我们。我们可以直接……”奥利维娅拿起听筒，盯着数字键几秒钟后又将听筒放下了，“不，不行。有了第一通电话，他不会再相信我们了……”奥利维娅沮丧地说，但她又立刻跳了起来，一脸兴奋，“为什么我们不直接过去呢？现在就去？向菲利普先生和博物馆里的所有人把事情解释清楚？”奥利维娅兴奋地抓住我和桑吉塔的手，“我还可以把曾祖父的照片带过去给他们看。利奥，你可以给他们看那份有比赛介绍的报纸！这样的话，他们就知道我们没有撒谎。或许都不需要申请，他们就可以直接帮我们查名字，今天就去数据库里找资料。”

“我们去不了博物馆，”桑吉塔说，“那里距离我们十万八千里！我们怎么过去呀？坐火车也太贵了。”

桑吉塔刚结束一连串发问，博和朱尔斯的笑声就传了过来。奥利维娅和我对视一眼，我当即就看出来，她和我的想法一致——荷尔蒙！

“我想我有办法了。”我慢慢说道。

“我也是，”奥利维娅难掩激动之情，“但你觉得他们会……”

“有可能！”我说。

“你们在说什么呢？”桑吉塔疑惑地问道。

“去博物馆的办法，”我说，“而且我们不用出一分钱。”

秘密行动

“你确定这样可行？”桑吉塔不安地问，“我妈妈四点就会来接我。”

我拿起背包，奥利维娅把她手套形状的存钱罐扔进我的包里。

“现在才二点二十，桑吉塔，”奥利维娅说，“我们到不了四点就能回来。”奥利维娅在平板电脑里快速打了几个字，然后把一幅地图拿给我们看，“你看，没有那么远，如果我们有车的话。”

“但是我……我不能穿成这样去博物馆！万一被学校里的人看见了该怎么办呀？”桑吉塔着急地大声说。

“这个给你，”奥利维娅从抽屉里拿出一件亮红色的羊毛衫外套，“说不定博物馆的人会以为你是大富豪，或是哪位王室中人呢！这可没坏处。来吧，准备好了吗？”

桑吉塔披上外套，我们跟着奥利维娅走下楼梯，来到博和朱尔斯面前。显然，他们两人的腿都被荷尔蒙绊住了，因为从刚才到现在，他们竟然完全没有挪过地，还站在门口傻笑着。

我们静静地观察了几秒，然后我说：“嘿，博！没想到你还在这儿。”

他们俩都被吓了一跳。

“你们几个下来干吗？”朱尔斯说，满脸通红，“你们现在应该在做作业。”

“我们是在做作业，”奥利维娅说，“但我们必须去皇家空军博物馆做调查。爸爸妈妈说过，如果我需要帮助，随时可以找你，还记得吗？”

“我们必须去那里采访一些人，还要拍一些照片。”我补充道。

“你看，开车过去只需要四十分钟。”奥利维娅举起平板电脑，上面是导航路线图。

“你用我的平板干了什么？”朱尔斯不满地从奥利维娅手里一把夺过平板。

“你能带我们去吗？”桑吉塔往前走了一步，问道，“奥利维娅说，你有一辆特别酷的车。”

“等一下，”博高高抬起一只手，慵懒地靠在门框上，仿佛自己是掌握最终决定权的人，“爸爸妈妈可没说允许你去什么博物馆！”

“这是《真正的儿童世界》的任务，”我说，“我是队长，你忘了吗？他们说如果是为了完成任务，只要奥利维娅和桑吉塔和我一起，我想做什么都可以。”

博张开嘴。趁他还没来得及说话，我又补充道：“博，如果你和我们一起去，那朱尔斯就有伴了。这样的话，当我们在博物馆里做作业时，她就不会一个人孤单又无聊了……”

我盯着博，试图催眠他，让他乖乖照我们说的做。

“哦，”博放下了那只高举着的手，表情有点困惑，“我想……如果是为了完成学校任务……那……你不介意吧，朱尔斯？”

朱尔斯微笑着说：“我不介意。我的车就在那里，可以载大家一起去。”

我朝奥利维娅眨眨眼，又朝桑吉塔眨眨眼。计划成功了。

“哪一辆是你的车？”博问。

“那辆，蓝色的掀背车。”

“酷，”博说，“我那辆是黑色的两厢爵士。”

我不屑地“哼”了一声，又马上上咳嗽几声作为掩饰。如果说博的车是黑色的，那唯一的可能就是，“深蓝色”不叫深蓝色。

朱尔斯看着博，眨着一双大眼睛，卷翘的睫毛几乎要飞走了。她说：“那你来不来呢？”

“来……来啊！应该挺有意思的。”博用手指梳了梳头发。

我们都坐进朱尔斯的蓝色小车里，桑吉塔小声地说：“真不敢相信，竟然成功了。”

“我就知道！”我压低声音说。

车子缓缓驶上高速公路，学校旅行那天在大巴上见过的街景再一次从车窗外飞逝而过。今天是不是终于能了解英雄利奥的故事了？也许在一小时内，我就能知道他在战场上驾驶的是哪一种战斗机，以及他到底做了什么伟大的事情。又或许，只是或许，档案里会有他的照片，这样我就不用再去猜测他的长相，或者期待他会不会长得和我相似。

“是这里吗？”朱尔斯在博物馆大门前停下车。

我抬起头，看着那两扇宏伟的玻璃门和几个白得发亮的字母，默默祈祷着里面能有我想要的关于英雄利奥的一切。

“没错！谢了，朱尔斯！”奥利维娅兴奋地大声说。

“我们在车里等，别去太久。”博假装大人的口吻，严肃地命令道。

“好，知道了。”我回应道，努力忍住不要朝他吐舌头，然后跳下了车，和奥利维娅、桑吉塔一起朝博物馆跑去。

一走进接待处，我们便不约而同地放慢脚步，把背挺得直直的，朝服务台走去。一个高个子男人站在台子后面。他佩戴的胸牌告诉我们，他就是那个和我通话的菲利普先生。

“哦，你们好，”他有一头闪亮的鬈发，随着他的动作上下弹跳着，“有什么能帮你们的吗？”

“你好。”奥利维娅先开口了，而桑吉塔和我则张大了嘴巴，一动不动地盯着他。来到这里之后，我们才发现这一切会有多么难对付。

“你们是来参观博物馆的吗？”菲利普瞥了一眼大门后又

问道，“就你们自己？”

“不，”我尽量提高音调，用尖尖的嗓音说话，这样他就不会发现我是电话里的“斯科特”了，“我哥哥在外面的车里等我们。”

“我们来这里做一项特别的作业。”桑吉塔说。她终于恢复正常了。

“哦，是吗？是什么样的作业呢？”菲利普问。他身后的时钟指向三点，意味着我们的时间不多了。

“我们想查看特殊档案，就是有皇家空军所有飞行员名单的文件。”我说，“我们的老师，斯科特老师派我们来的！”

“对，他刚才和你通过电话，”奥利维娅补充道，“我们是为了完成阵亡将士纪念日活动。”

“斯科特先生？”菲利普眯起眼睛看向我们，“我在电话里跟他说过，必须要填写申请表。你们不能直接过来看日志，很抱歉。”

“没关系，您能不能帮我们看下呢？”奥利维娅期待地问，“我们可以给您钱。”

奥利维娅从我的包里拿出她的存钱罐，把里面所有硬币都倒在了柜台上。

“我们只需要知道三位空军飞行员的信息，真的，为了完成我们的作业。”

菲利普看着柜台上的钱。“没有得到上级的批准，恐怕我也不能直接去查看日志。”他温柔地说，“很抱歉，这是规定，你们最好把情况跟你们的……斯科特老师说清楚。”

我瞄到站在我身侧的桑吉塔和奥利维娅都泄气地沉下了肩膀。就算把《沃特公报》拿给菲利普看，或者把我们在参加竞赛的事告诉他也没有用，因为他也要得到批准才能去看名单。

“现在距离闭馆还有一小时，如果你们今天还想参观博物馆的话就快点儿去，而且不用门票。你们想进去吗？”菲利普问道。

奥利维娅和桑吉塔正准备摇头，我却大喊一声：“要！我们要进去！”

“我们要吗？”桑吉塔在我耳边问道。

“好主意，”菲利普说，“四点之前都可以参观。不过你们错过了今天最后一轮导游讲解，飞行模拟活动也结束了，但还有很多场馆是开放的，相信对你们的……特殊作业，有帮助。”

他话音刚落，我便拔腿冲向通往第一个展厅的大门，奥利维娅和桑吉塔也跟在我身后。我能感觉到菲利普在盯着我们看，但我顾不上那么多了。

展厅内没什么人。除了我们，只有一对年纪非常大的夫妇，他们在展厅的最里面欣赏照片。威风凛凛的“飓风”战斗机和第一次见面时一样出现在我们面前。

“我们为什么要浪费时间进来呢？”奥利维娅问道。我们都站在“飓风”战斗机的脚边。

“听着，”我说，“我们必须上楼去看日志！也许……也许我们可以调虎离山……”

“你是说，我们像卧底一样行动？”奥利维娅警觉地看一眼四周，问道，“假装自己是游客，然后找机会潜入！”

“对！”我说，“就是这个意思！”

“你们俩疯了吗？”桑吉塔惊恐地瞪大了眼睛，“我们不能偷偷进去！会坐牢的！就算坐完牢出来，我们下半辈子也必须躲起来，因为我们的爸妈一定会杀了我们！”

“躲起来！说得没错，桑吉塔，我们只要找到一个地方躲起来……等楼上的人走了就行！”我激动得晃动着桑吉塔的肩膀，然后环视整个展厅。突然，我的视线落在了面前的“飓风”战斗机上。

“飞行模拟器！”我抓住奥利维娅和桑吉塔的肩膀，“飞行模拟活动已经结束了，所以我们可以直接躲在模拟器里，等博物馆关门后再跑到楼上去，怎么样？小菜一碟！”

“小菜一碟？你哥哥和朱尔斯怎么办？他们很可能会因为担心我们而进来找我们！还有菲利普，他会发现我们没有离开博物馆。”桑吉塔悄声说道，“再说了，我父母四点就会来接我，记得吗？我穿成这样可不是为了好玩。”

“哦，对哦……”我继续努力想着法子。

“有了！”奥利维娅打了个响指，“我们不要躲在模拟器里，而是用模拟器吸引他们的注意力，怎么样！我们其中一个人可以坐到模拟器里，把它启动，让它产生巨大的动静……就在所有人都冲过去看怎么回事的时候，我们分头跑，在楼梯口会合，然后一起去看日志！”

“这个办法更好！”我赞叹道，声音有些大，我发现角落的那对老夫妇正盯着我们看，于是我赶忙压低声音，“就这样做。”

“不，不要这样。太疯狂了！”桑吉塔紧张得直搓手，两臂上的手镯发出叮叮当当的声响。

“来吧，桑吉塔！想一下，如果是利奥他们在执行任务，他们会怎么做？”我不断劝说她，“这可能是我们获取线索的最后机会了。”

“对啊，”奥利维娅赞同道，“得到真正有用的信息。我们没有别的地方可以尝试了！”

桑吉塔叹了口气。“好吧……但我们最好不要被抓到！”

我露出笑容，点了点头。“你们先找个地方躲起来，比如去厕所这种地方，然后我会去吸引火力。”

“等一下！我们不能躲在厕所里！厕所就在服务台边上。我们只能躲在这个展厅里。”桑吉塔深思熟虑后，谨慎地说，“一旦你那边发出声响，所有人都会穿过‘喷火’战斗机的展厅，去调查发生了什么事情，所以我们不能躲在那个展厅里。只能在这里！这里距离模拟器很近，所以你有足够的时间跑过去，启动机器，在别人过去了解情况前跑回来躲好。然后，我们就可以往回跑，经过服务台直接上楼。没有人会发现我们。”

“她说得对。”奥利维娅说。她环顾四周，看着展厅内一排反光的玻璃柜思考着。

我在展厅内四处探查，想找到一个能同时容纳我们三个人的安全之所，但一无所获。展厅内的一切都是透明的。就在我思考着该怎么办时，我的视线落在了那对老夫妇的身上，他们正要离开，前往下一个展厅。突然，我看到了一扇白色小门。

我一路小跑过去，感觉玻璃相框和展示柜里的英雄都在看着我。站在白色小门前，我拉住门把，做好了拉不开门的准备。没想到的是，小门竟然没有上锁，一拉就开了，然后从门里掉出来的是……一根长长的拖把杆！

这是一个旧扫帚柜，里面放了好几层清洁用品、一只小桶、一把拖把，以及一台电动吸尘器。里面闻着有点儿臭，空间也不大，但是足够我们藏身！

“嘿！过来这里！快！”我呼喊道，朝她们招手。

奥利维娅和桑吉塔朝我跑来。看到我发现的柜子后，奥利维娅感叹道：“棒极了！”但桑吉塔却后退了一步。

“我不能进去！我的裙子！它会被弄脏的，”她小声说，“而且……”

“快！有人来了！”奥利维娅小声催促道，我们听见有脚步声和交谈声从展厅外向我们靠近。奥利维娅一脚跨进柜子里，将桑吉塔拽了进去。我跳到余下的狭窄缝隙里，带上了身后的门。瞬间，我们置身于一片臭烘烘的、浓郁的黑暗中。

不太友好的交战

“哎哟！”

“嘘！”

“过去多久了？我的脚好像卡在吸尘器的管子里了！”

“我的背上有东西在爬！哦，不！我想那是一只蜘蛛！”

“抱歉，那是我的头发！”

“嘘……朋友们！别动了！”

大家再一次安静下来，我们呼出的气息像一颗颗热气腾腾的排球，在狭小的空间里撞来撞去。我浑身都是汗，咸咸的汗珠滴到了眼睛里，双眼顿时刺痛难忍。

“出去之后要洗五遍澡才行。”桑吉塔小声说道。

“我要再看一眼，别说话了。”我提醒她后，以极其缓慢的动作，将小门推开一厘米，仔细聆听外面的动静。刚开始的几秒，我只能听见自己不安的心跳声，但当我冷静下来后，发现外面的展厅里已经没有人了。所有人都走了。

我把门缝开大了一些，让外面的新鲜空气涌进来。“老天啊！”奥利维娅不由得发出感叹，“我现在知道小鸡在烤炉里是什么滋味了！”

“我也是，”桑吉塔大口大口地呼吸着新鲜空气，就好像在吃掉它们，“已经过去多久了？现在还没到四点，对吧？”

“别担心，我们还有很多时间！”我嘴上这么说，其实也不确定现在到底几点了。但我们不能就这样放弃。“我会跑到模拟器里，分散他们的注意力，你们只要在我启动机器后打开门让我进来就可以了。小菜一碟！”

奥利维娅和桑吉塔都朝我点点头，尽管我们都明白，这绝不是一件简单的事。

我深吸一口气，提醒自己，英雄利奥一定干过比这勇敢无数倍的事。我鼓起勇气，从小门溜了出去，悄无声息地来到下一个展厅。

那一对老夫妇已经离开了，但有一家人正在观察飞行模拟器的驾驶舱，他们就在出口边上。我假装欣赏挂在展示柜里的奖章，静静等待机会，希望他们能尽快离开。几分钟后，这一家人也走了。展厅里终于只剩下我一个人。

我迅速走到模拟器边上。驾驶舱看起来就像一颗闪亮的巨型白色鹅卵石，下面是一个大大的黑色底座。驾驶舱的门开着，好让所有游客都能看到里面的设备。但敞开的门前却拉起一条红色警戒线，以阻止游客进入。旁边还立着一块牌子，上面写着：“设施已关闭。请在网上预约飞行体验！”

我走到牌子边上，从警戒线下面钻进驾驶舱。我心里暗暗期待着能听到警报声响起，或看到某个设备开始移动，但什么也没发生。于是，我走到驾驶员的座位边上。总有一天，当我不再违反规则，到处闯祸的时候，也许我就能坐在这样的椅子上驾驶飞机了，就像英雄利奥在皇家空军基地训练时那样。

看着控制面板上那些让人眼花缭乱的按钮、数字键和杠杆，我想弄清哪个开关可以启动模拟器，好把人都引过来。但我什么也看不懂。所以我决定模仿静怡。当她因为弄不懂某个玩具而感到烦躁时，她就会这样做：依次把所有按钮都按一遍，直到找到自己想要的那个为止。

我按下一个显眼的红色按钮，但它除了让屏幕变亮一点儿，似乎没有其他作用。然后我按了一个小一点儿的按钮，然后按下第二个、第三个、第四个，当我终于把一排方形小按钮都按一遍后，所有按钮都亮了起来。

但是，除了按钮在发光，驾驶舱里依然什么动静也没有，所以我又把刻着数字的开关一个一个地掰起来，掰完最后一个刻着“100”的开关后，我等了几秒，就在我开始怀疑这台机器是不是坏了的时候，驾驶舱突然开始剧烈震动，左右摇晃，像一艘小船正航行在滔天巨浪和漫天风雨中。屏幕上闪烁着跑道移动的画面。驾驶舱内响起一个洪亮的女声：“飞行模拟器启动。舱门正在关闭。请做好起飞准备。向上爬升。”

我赶忙趴到控制面板上，希望能找到一个按键可以让这一切停下来，但我脚下的地板却发出一声巨响，紧接着猛地向后一震，我就像一条小鱼，被甩到了驾驶舱的尾部。我试图爬到门边，但为时已晚！舱门已经关闭！我被困在里面了！

“全速启动。”那个女声郑重宣布道，驾驶舱应声开始摇摆，“嘎吱嘎吱”地晃动起来。我仿佛置身于高速旋转的洗衣机滚筒里。画面中的跑道开始旋转，明亮的金橙色光线由远及近将屏幕包围。“侦测到敌机信号。敌机正在靠近。等待飞行指示。”

“不要！”我失声大喊。驾驶舱猛地往前一冲，将我甩回控制面板前，紧接着，机舱剧烈晃动，似乎侧面遭遇了攻击。我感觉胃里一阵翻江倒海，但我还是踉踉跄跄地走到驾驶员的座位上，扣好安全带。

“关闭装置！”我哀号着，希望这个装置是声控的，乞求那个机械女声能明白我的意思。整个机舱不停地翻滚着，震动着，摇摆着，我感觉自己的脑袋和眼睛在朝不同的方向旋转。“关闭装置！求求你！关闭装置！关闭装置！”

突然，一切都停止了。

地板不再晃动，我的脑袋也不再感到天旋地转，控制面板上的所有灯光和屏幕都不再闪烁。似乎有人直接把模拟器的插头拔了。

身后的舱门“嗖”的一声开了。紧接着从门外传来一个声音。

“我的天啊……”

我吓得僵坐在椅子上，根本不敢回头。我迅速收起双腿，在椅子上蜷缩成一个球。也许，有可能，这个打开舱门的人会以为驾驶舱里根本没有人，是机器出了故障。也许他们不会走进来查看。

脚步声渐渐朝我靠近。我紧紧闭上双眼，祈祷着，祈求这一切只是一场噩梦。但很快，一只手抓住椅子的靠背，把我转了过去。

“你在这里搞什么鬼？”

我先睁开一只眼，再慢慢睁开另一只，抬头一看，来者竟然是弗莱彻女士，上次就是她带我们来这里参观的。只不过，她脸上亲切、温柔的笑容不复存在。她看起来既困惑又生气，脸涨得通红。

“等一下，”她说，“我认得你。你之前来过这里……学校旅行，对吗？”

我耷拉着脑袋，安静地点了点头，胸口仿佛压着一块沉重的巨石。我没有完成任务，也没有遵守对英雄利奥许下的诺言。因为我，他的故事、奥利维娅曾祖父的故事、R. 辛格的故事，都将再不为人所知。爸爸妈妈可能永远都不想理我了，因为我可能弄坏了飞行模拟器。我有可能会被关进监狱，用我的下半辈子赔偿我所造成的损失。

我真想躺在地上，一辈子不起来。

“好了，小伙子，你叫什么名字？”弗莱彻女士的声音比刚才温柔了一些。

我想告诉她来龙去脉，却张了张嘴，说不出话来。

“没关系，你可以晚点儿告诉我。现在，我们最好去和你的小伙伴会合，然后你再告诉我发生了什么事。”

小伙伴？难道奥利维娅和桑吉塔也被抓住了？

弗莱彻女士解开我身上的安全带。我慢慢从椅子上下来。

她带着我走过服务台，朝着我梦寐以求的楼梯走去。我多想和奥利维娅和桑吉塔一起走上来呀！到达二楼后，她带我走到一间有着大窗户的小办公室里。

“利奥！”桑吉塔坐在一张大金属桌旁边，一看到我便惊讶地倒吸一口凉气。我抬起头，惊得下巴都快掉了。

桑吉塔和奥利维娅看起来经历了比我在飞行模拟器里还要糟糕一万倍的事。她们脸上、衣服上和手上到处都是灰尘和泥土。奥利维娅的发间挂着许多从蓬松的黄色洗碗棉上掉下来的碎屑，就像是被蜘蛛网缠住的亮黄色苍蝇。更糟糕的是，桑吉塔原本亮晶晶的蓝色楞哈长裙竟沾上了亮白色的油漆。

我想问她们发生了什么，却问不出口，只能在奥利维娅身边坐下，紧紧闭上眼睛。但当我再次睁开眼睛，周围的一切并没有消失。

“好了，孩子们，”弗莱彻女士开口道，“一件事一件事说。你们是从哪里来的？”她坐在我们对面，菲利普和一位身材矮小的女士则站在门边。

“沃特。”奥利维娅回答道。

弗莱彻女士又问了一遍：“我是问，你们从哪里出发？你们住在哪里？”

“沃特。”桑吉塔回答道。

“你们太没礼貌了！[1]这是一个很简单的问题，”弗莱彻

[1] “沃特”（whot）的发音与“什么”（what）相同。

女士皱起眉头，“你们从哪里……”

“我们的意思是，我们是从沃特村来的。”奥利维娅解释道。

我们一起点了点头。住在名为“沃特”的地方总会让人们以为我们很粗鲁或很愚蠢，好像我们听不懂关于住址的问题。

“啊，我明白了，”弗莱彻女士说，“非常抱歉。沃特村！我明白了。现在说第二件事。我们需要你们监护人的电话号码。”

“拜托了，我姐姐就在楼下停车场，和利奥的哥哥一起，”奥利维娅说，“在一辆蓝色的车里。不如你直接找他们……不要找我们的家长？”

我们都满怀期望地看向弗莱彻女士。

“这恐怕不行，”弗莱彻女士说，“菲利普，麻烦你下楼，找一下他们的哥哥姐姐，好吗？”

菲利普匆匆离开了房间。奥利维娅像一只不愿离家的小狗，发出一声哀号，双手痛苦地抱住脑袋。桑吉塔瞪着一双大眼睛，看着屋内的每一个人，我敢说她可能已经忘记如何眨眼了。

“好了，第三件事，也是最重要的一件事。请你们告诉我，你们为什么要这样做？利奥，从你开始吧。”

***

“我们死定了。”奥利维娅喃喃自语道，来回摆弄着她工装服上的带子。

“你没有我死得惨，”桑吉塔用力搓着脸上的油漆印子，“我现在应该出现在我妈妈的二侄子的嫂子的外甥的婚礼上。”

我们仨同时回头看向弗莱彻女士办公室紧闭的大门。我们的父母都在那扇门后面。此时，门里面寂静无声。家长们保持沉默可不是什么好兆头，尤其是当一群家长都沉默的时候。

“你觉得斯科特老师会知道这些事吗？”桑吉塔悄悄地问我，“如果他不让我们参与任务了该怎么办？”

我没有说话。现在，我唯一能做的就是像硬纸板一样笔直地坐着，等待这场暴风雨结束。

突然，门开了。我们马上把腰背挺得更直。

首先走出来的是桑吉塔的妈妈、爸爸和奶奶。辛格先生朝桑吉塔摇了摇头，他的络腮胡和八字须也抖动着。辛格太太的脸很红，像是刚爬完五十级楼梯。弗莱彻女士给她打电话时，她一定正准备好出门参加婚礼，因为她穿着一条点缀着珠宝的绿色长裙，袖口上还有精致小巧的金色铃铛，发间也别着花朵。桑吉塔的奶奶穿着一件粉色的、不是太华丽的纱丽克米兹[1]。她是三个人中唯一一个看起来不生气的。她将手放在桑吉塔的脸颊边，轻轻拍了拍桑吉塔的脸。

“桑吉塔，上车！马上！”辛格夫人厉声命令道。桑吉塔跟在他们身后，一直盯着地板，两臂的手镯叮当作响，脏兮兮的楞哈长裙不断发出沙沙声。

下一个出来的是奥利维娅的妈妈。她非常平静，还顺手关

[1] 一种民族服饰，在印度、孟加拉国和阿富汗很流行。

上了门。我以前从未见过她，所以不知道她平时看起来是什么样的，也不知道她生气时是什么表情。她走过来，站在我们面前，浅棕色的头发扎成了结实的丸子头，一双棕色眼睛很有神采。她挑起一边眉毛，朝我们轻笑了一下。“看看你们，像什么样子？”她说，“疯了，你们都疯了。走吧，奥利维娅，我想你还欠你爸爸和姐姐很多解释，但是你得先好好洗个澡。真不像话！”接着，她看着我说，“你就是利奥，对吗？”

我点点头。

“有意思，”奥利维娅的妈妈朝楼梯走去，“赶紧走吧，我可没工夫跟你耗一整晚。”她大声喊奥利维娅。

“祝你好运，利奥！”奥利维娅悄声说道，从椅子上跳下来，小跑着追上她的妈妈，“周一见。”

我又点了点头。不知道什么时候才能轮到我。我等啊等，等到天荒地老，等到海枯石烂。但办公室的门却一直关着。就在我以为所有人都悄悄撇下我离开了的时候，门终于开了，我听见爸爸妈妈的脚步声朝我靠近。空气中凝重的沉默让鞋子发出的“咔哒”声听起来像是在山洞里回荡的一阵阵响雷。我盯着面前的墙根，希望它能裂开一条缝把我吸进去。这时，爸爸和妈妈的鞋子出现在我眼前。

“利奥，起来。”爸爸命令道。他的声音异常平静，似乎对我无比失望。

妈妈没有说话。我耷拉着脑袋跟在他们身后，走下楼梯，走出博物馆，来到我们的车子前。博和熟睡的静怡正在车里等我们。

“蠢货。”我一坐进车里，博就骂了一句。

“什么话都别说。所有人安静。”妈妈打左转灯，驶出停车场，“到家之后，利奥，你先去洗澡，然后直接回房间。博，你也别说话了。利奥需要时间反思他今天的所作所为。明天我们再来谈这件事。”

“但是……”

“我让你别说话，利奥。”妈妈警告道。

我抹去眼角气愤的泪水，盯着窗外，希望这条路永远没有尽头，希望我们永远不要下车。这不公平，这整件事都不公平。如果人们能够为我们提供力所能及的帮助，如果那些大人不把事情搞得这么艰难、复杂和愚蠢，那么我、奥利维娅和桑吉塔从一开始就不需要回到这个博物馆来！我们只是想要一些信息。为什么查个名字还要填无聊的申请表，遵守那么多规定呢？如果菲利普能照我们说的去帮我们查找一下名字，那后面的事根本就不会发生！或者，如果所有士兵、飞行员和其他人的名字都能从互联网或者历史书上找到，那我们就不用想其他办法寻找他们了！

那天晚上，爸爸、妈妈和博在我身边时变得格外安静。爸爸取消了我们原本的行程——去伦敦参加叔叔的生日派对。妈妈一整晚都在她的家庭办公室里打电话。而博一见到我就发出低吼。似乎就连静怡也在刻意忽视我，她好像能感觉到和我一起玩是在给自己找麻烦。

周日就更糟糕了。我不需要做额外的家务，也不需要换任何纸尿片，但我也不能看电视或打游戏，因为我一整天都在写道歉信。

第一封道歉信是写给博物馆的，因为我差点儿弄坏他们的飞行模拟器；第二封是写给斯科特老师的，因为我在电话里冒充了他。两封信的内容都不长，但它们花了我一整天时间，因为每当我写出一封自己较为满意的信时，爸爸就会过来检查，可看过信后又总是摇摇头，让我写一封更好的。我照做了。一遍、两遍、三遍、四遍，写得我的手都痛了。终于，在晚餐前，爸爸看完我的最新作后，点了点头，然后交给我两个信封，让我把道歉信放在里面。

“我会把这一封交给弗莱彻女士。而这一封，你要在上课前交给斯科特老师。明天我们早一点儿去学校，跟斯科特老师和校长单独聊聊。”

看到爸爸转身准备离开，我认为自己应该说点儿什么。他应该知道，英雄利奥有多么重要。发现像英雄利奥这样的人，并且让更多的人认识他，可以让我不再受人欺凌，不再被当成特殊人物和傻瓜对待。这件事不仅仅关乎我，对他、博、妈妈和静怡来说也同样重要。

我着急地说：“爸爸，我很抱歉。我只是想找到……”可我的喉咙像是被一块大石头给堵住了，后面的话怎么也说不出口。

爸爸扭过头来看着我。他一脸悲伤，眼中噙着泪水。

“我知道，利奥，我知道。”他声音极轻，说完便转身离开，关上了我的房门。

特别的访客

“玩飞行模拟器的感觉怎么样？哦，天啊！我也好想去啊！”

“给我们模仿一下斯科特老师的声音！你在电话里是怎么做的！快呀！”

“你觉得自己会被退学吗？”

“奥利维娅为什么会帮你？你花钱雇她干活吗？贵不贵？”

我只是不断点头、耸肩和摇头，而桑吉塔则像一把机关枪，噼里啪啦地跟所有人讲述着周末发生的一切。

尽管我们曾发誓不把事情说出去，但不知为什么，到了第一次课间休息的时候，好像全校同学都知道了，简直就像是有一份秘密的学校定制版《沃特公报》，在走廊和教室里传播、扩散。

“让一让！让一让！”德鲁大叫道，和南希一起把人群推开，走到我和桑吉塔面前，“罪犯的好朋友来了！”

德鲁用他的手臂夹住我和桑吉塔的脖子。围观的人群纷纷偷笑起来。

“现在，如果你想从现场目击者口中了解完整的故事，只需花费一根巧克力棒。”德鲁大声宣布道。

“这太不公平了。”克丽抗议道。

“没办法。如果你想听更多故事，午餐时来找我们！带上你们的巧克力棒。”

突然，我们身边响起一下又一下网球在地上弹起落下的声音，所有人都安静下来。人群迅速散开，像一群发现有肥猫靠近的小鸟。朝我们走来的是托比和凯瑟琳，他们俩各拿着一颗亮黄色的网球。德鲁马上把架起来的手臂放下。我们站得笔直。

托比在我面前站定了几秒，把网球抛起来又扔下去，抛起来又扔下去。我全身僵硬，等着他来砸我。

“你竟然还没有被抓起来，”托比再一次把球砸在柏油路上，“像你这样臭烘烘的罪犯就应该被送回老家去！”他快速瞟了一眼四周，确保没有老师后，直接把网球砸到我的脸上，而凯瑟琳则把球扔向桑吉塔。

“啊——”桑吉塔疼得大叫。

我已经痛得说不出话了。泪水不受控制地涌了出来。

“嘿，凯瑟琳，快看！爱哭鬼又在哭了！”

凯瑟琳得意扬扬地笑着。“那可太好了！”她叫喊着，抬起手，身体前倾，准备再扔一次。

“住手！”南希大吼一声，跳到我们面前，张开双臂。

“没错。如果我是你，我一定会住手。”

我抬起头，不敢相信这是真的。但真的是她！是奥利维娅，她站在托比和凯瑟琳身后，双手叉腰，两边膝盖上分别画了一头熊和一只大象。她最好的朋友也站在她身边，虽然她们看起来并不是很乐意。

“从我眼前消失，否则我会让我姐姐过来，带上她的好朋友找你们算账！”

渐渐地，刚才作鸟兽散的人群又踮着脚溜了回来，等着看热闹。操场上鸦雀无声。奥利维娅低头盯着托比和凯瑟琳，他们俩昂头直视她，眯起眼睛，不安地攥紧手中的网球。突然，奥利维娅歪了一下脑袋，往前迈了一步，把托比和凯瑟琳吓了一跳，他们就像两只受伤的猫般逃跑了。

“所有人，消失。”奥利维娅看向围观的人群，命令道，“除了你们俩。”她看着我和桑吉塔，补充了一句。

“你们还好吧？”人群一散，奥利维娅就关切地问我们。

桑吉塔弯下腰，揉了揉她的腿。我的脸一阵一阵地刺痛，和我的心跳同频。虽然我们感觉并不好，但还是点了点头。

“我讨厌托比，他总是那么坏，我们总有一天要给他点儿教训！你们爸妈怎么说？”奥利维娅问，“我被禁足了，朱尔斯也是，但仅限于上周末。我爸爸觉得这整件事还挺有意思的，”她微笑着说道，“我们昨晚通了电话，他说如果我曾祖父知道我想了解关于他的事，一定会感到非常骄傲。”

“真希望我父母能向你父母学习，”桑吉塔说，“我妈妈不肯跟我说话了，因为她觉得我故意往脸上涂颜料，还把裙子搞坏了。爸爸说我的禁足期为‘未来的一段时间’，也就是说我再也别想离开沃特村了。”

“啊，讨厌！真是太糟糕了。你怎么样，利奥？”奥利维娅问。

“只需要写信向博物馆和斯科特老师道歉，以及不能看电视、玩电脑。”我说。

“还不算太糟。”奥利维娅说。

我耸了耸肩。我没有告诉桑吉塔和奥利维娅，当我把信交给斯科特老师并向他说明事情的经过后，他说他对我们非常失望，他会考虑一下该给我们三个人什么惩罚。也许他会把桑吉塔和我从任务中踢出去，就算我们为了办一场最精彩的活动和赢得比赛而竭尽全力。

上课铃响了，我们沉默地回到了自己的教室。接下来，一切似乎都恢复了正常。没有人再提起周六发生的事，连斯科特老师也没有。第一次课间休息后，我们上了数学课，吃了午餐。午休时，我们全都在认真完成自己负责的展板和演出任务。我画了一面高大的砖墙作为大教堂的外墙，用水彩笔在上面写上了利奥的名字，并画了一头狮子。然而我现在还是不知道英雄利奥的故事。桑吉塔则用旧滤锅和塑料叶片制作演出时要用的道具头盔。

即将放学的时候，斯科特老师突然拍了拍手，让同学们回到自己的位置上坐好。

我们等待着。桑吉塔非常用力地跺着地，带着桌子都在震动。

“我们已得到确定的消息，《真正的儿童世界》节目组会在——明天！来到我们学校。”斯科特老师大声宣布道。

“太好了！”加里大吼一声，全班同学都兴奋地呐喊着。

“我希望你们所有人都能拿出自己最好的表现。不要整蛊作怪，不要违反纪律。任、何、人！都不许对《真正的儿童世界》的人说上周末发生的意外！别让我听到任何风吹草动，否则我会把他从这个活动里踢出去。”

话音未落，所有人都偷偷瞟着我和桑吉塔。

“但是，老师！”托比大吼，“为什么桑吉塔和利奥还没有被踢出去？”

“因为这是我和菲茨杰拉德校长共同做的决定，”斯科特老师坚定地说，气得托比的脸紧绷起来，“好了，放学吧，除了利奥和桑吉塔。”

同学们快速消失，就像一桶水从排水口倾泻而出那么快。刚开始的几秒，斯科特老师只是静静地等待着，他似乎希望我或者桑吉塔能先开口说些什么。紧接着，教室门开了，奥利维娅、她的班主任马尔科姆老师，以及跟在他们身后的菲茨杰拉德校长走了进来。菲茨杰拉德校长身后还跟着一男一女，我们此前从未见过，他们胸前都戴着“访客”的徽章。

桑吉塔发出一声微弱的呜咽声。我和她的心情一样。还是来了。这些访客很可能是警察。今天是我们在学校的最后一天。我就知道，爸爸让我写道歉信纯粹是浪费时间！

所有人都坐了下来。菲茨杰拉德校长清了清嗓子，说道：“利奥、桑吉塔、奥利维娅，这位是斯莫尔女士，这位是维恩先生。他们是《真正的儿童世界》的节目制作人。”

桑吉塔惊讶地吸了一口气，奥利维娅看着我，一脸问号。我悄悄地朝她耸了耸肩。

“我们认为必须提前，也就是明天正式拍摄之前，把上周末发生在博物馆的事情原原本本地告诉他们，所以他们今天来了，”菲茨杰拉德校长接着说，“他们想听听关于这件事的更多细节。听你们亲自说。”

“但是……但是，校长！”

“请说，桑吉塔？”菲茨杰拉德校长问道。

“校长，我……我们不想被踢出任务。我们不是故意要惹那么多麻烦的。我们只是想得到一些信息。”

“没有人要把你们踢出任务。”菲茨杰拉德校长平静地说。

“没错，”那位叫斯莫尔的女士说道，“我们只是想听你们亲自讲述那件事。就这么简单。”她拨了拨眼前橘红色的刘海，友善地朝我们微笑。

“你们觉得呢？可以跟我们说一说吗？”维恩先生问。他留着一头我见过的最长的黑色辫子，穿着最新款运动鞋。我盯着他们，维恩先生真是我见过的最酷的男人，全世界没有人能比得上他，更别说在沃特村了。

我们三人互相对视了一下，然后一起点了点头。

“很好，”菲茨杰拉德校长说，“我们已经跟你们的家长通过电话了，他们会晚点儿来接你们，所以不用着急。那么，从哪一位同学开始？”

奥利维娅指着我，说：“利奥。一切都是因为他和另一位利奥，真的。”

“还有另一位利奥？”维恩先生问，而斯莫尔女士则拿出笔记本，在上面飞快地记录着。

“对，”桑吉塔在我还没来得及开口前抢先说道，“不过他死了。”

“桑吉塔，不如让利奥来说吧？”斯科特老师温柔地说。

“哦，对，抱歉。”桑吉塔看着我，露出带着歉意的笑容。

现在，所有人都盯着我看，等我开口。

我深吸一口气。“奥利维娅说得没错，一切都源于英雄利奥，”我的声音有些颤抖，于是我再次深吸一口气，让声音稳定下来，接着说，“他是一名皇家空军飞行员，在战斗中荣获了一枚奖章。他的名字被刻在大教堂的墙上，就是罗切斯特的那座大教堂。他的名字上方还有一头金狮……”

向着目标前进

博一边等我，一边在校门口无聊地踢着小石子。我朝他跑去，他一看到我便问："怎么样？你被退学了吗？"

"没有。"我答道。真希望今天是爸爸来接我放学。自周六那件事情后，博就不怎么跟我说话了。他可能因为我们的事被责备了。

"真可惜。"博喃喃地说。

我们朝村子里走去。我回头看了一眼，桑吉塔已经坐上了她妈妈的车，可能现在已经把第二个萨莫萨炸饺吃掉一大半了；奥利维娅则在马路上飞奔，速度快得我只能看见她的鞋底。真希望她们俩能和我一起走，这样博至少会装出友好的样子。

我们在报刊店外停下脚步，但博并没有像往常那样让我"在这里等着"，他竟然问我："你想吃什么？"

我盯着他，怀疑自己的耳朵是不是出了什么问题。

“快说，”博命令道，“你要喝什么饮料，吃什么薯片？”这真是让人难以置信！博竟然在“询问”我想要什么！也就是说——我成功了！我完成了自己的一个目标。我太惊喜了，忍不住大吼一声：“太好了！”

“什么？”

“我是说，我想要苹果汁，还有……芝士洋葱味的薯片。”最后，我决定用自己所有运气赌一把，于是又加了一句，“还要一根‘野兽’巧克力棒？”

博眯着眼睛看我。“看看再说吧。”他打开报刊店大门，走了进去。

也许这会是博唯一一次征求我的意见，而不是把他喜欢的东西塞给我。是英雄利奥让这件事发生了，我永远都不会忘记这个瞬间！我兴奋地在原地上蹦下跳，像一只无处可去的袋鼠。

“拿着。”博说道。我想要的东西如同落叶离开大树，一件件地从博手中落入我的怀里。我和他并排走着，每当他大口喝着饮料，发出“滋溜”一声时，我也“滋溜滋溜”地喝着手中的饮料；每当他拿起一片薯片放入口中，我也拿起一片薯片“咔嚓咔嚓”地吃起来。

“怎么说……”我们站在十字路口等绿灯时，博开口道，“那个，呃，奥利维娅有没有跟你说过什么？关于我的事，她姐姐说什么了吗？”

我摇摇头，嘴巴被“野兽”巧克力棒和薯片塞得满满的。

“奥——维亚……嘎觉……啊爷爷……”我艰难地说道。

“你说什么？”

我把那一大团巧克力薯片球用力咽了下去。“我说，奥利维娅感觉她姐姐喜欢你。”我清晰地重复了一遍。

博的脸瞬间变得通红，嘴巴也不自在地扭来扭去。“酷。走吧。”博说道。绿灯亮起，我们终于能过马路了。

“你喜欢她吗？”我一问出口，就感觉怪怪的。和博探讨喜欢谁这种太过私密的话题，让我觉得很不自在。

“她还行吧。你找到关于利奥那家伙的信息了吗？”博说，“大教堂里的那个利奥？”

“没有，”我说，“但我们跟《真正的儿童世界》节目组的人介绍了他，所以，也许他们能找到什么资料。”

“不出我所料……”

博从口袋里拿出了什么东西。“来，”他把一张叠好的纸递给我，“我帮你找到了这个，在大学里找到的。”

我将那张纸展开，是一份影印件，似乎是某本历史书，上面印着新加坡地图，旁边写着一行字：

同盟军 & 新加坡之战：丘吉尔[1]要求全员参战

“新加坡竟然发生过战争？”我惊讶地大喊，“我以为只是有一些士兵来自新加坡，我从来不知道原来他们在新加坡战

[1] 丘吉尔（1874—1965），在第二次世界大战期间担任英国首相，领导英国人民取得了战争的胜利。

斗过！”

“对。”博说。

“而且连丘吉尔都知道这件事？”

“是啊。”博翻了个白眼。

“你知道我们国家也打过仗吗？”我问他。

博摇摇头。“现在才知道。学校从没教过我们这些。我猜，只有经历过战争的当地人才知道这些事，可他们中的绝大多数都已经去世了。这些都是我在上周六查的，就是你差点儿害我们被禁足一辈子的时候。”

我没有说话。此刻，我的脑中有太多疑问。为什么学校里没有一本历史书提及这场发生在新加坡的战争呢？还有哪些战争被学校遗忘了？英雄利奥出现在大教堂的纪念墙上，是不是就是因为他在这场战争中做出了突出贡献？

有生以来，我第一次希望自己是一个成年人，能拥有自己的电脑，不用完成学校的作业或各种家务，一心一意地寻找自己想要的资料。

“走吧，”博友善地轻轻推了我一下，“回家再看。爸爸妈妈会担心的。”

我将纸折好，紧紧地攥在手心里，和博一起快步走回家。

那天晚上，吃完晚饭后，妈妈和博问了我很多关于《真正的儿童世界》节目组的事。爸爸没怎么说话，但我知道他也在听，因为他频频点着头。接着，我正准备将博给我的东西展示给他们看，还想问他们知不知道那场发生在新加坡的战争。突然，电话铃响了。

爸爸猛地站起来，抓起电话，就匆匆进了妈妈的办公室。爸爸一整晚都没出来。没出来吃甜点，没帮忙收拾桌子，没哄静怡睡觉，甚至没跟我们说晚安。

“他只是有事情要忙，”妈妈解释道，“去睡觉吧。别担心。”

但我很担心。我担心打电话过来的人是警察，而爸爸在求他们不要逮捕我；又或者他正在想办法把房子卖掉，好赔偿那台被弄坏的飞行模拟器。我睡不着，肚子因为紧张而一直在“咕咕”作响。

我听见爸爸走上楼梯。我等着他像往常一样来看我，但他没有来。他直接回到自己的房间，关上了房门。

***

“利奥？醒醒，利奥！该上学了。”

我揉揉眼睛，看到妈妈站在床边。我眯起一只眼，瞥了一眼时钟。现在比我往常起床的时间早了整整一个半小时。

“我今天得早点儿送你去上学。我九点有一场很重要的会。可以吗？”

我坐起来，问：“妈妈，为什么爸爸不送我？”

妈妈转过头来看着我，我立马察觉到她隐瞒了些事情。“爸爸今天要早一点儿去上班。好了，快点儿起床收拾吧。”

没想到爸爸这么生我的气，他甚至不愿意再送我去上学。

我昨天终于拿到了证据，足以证明我的民族也曾在“二战”中做出巨大的贡献，但现在，这个好消息并不能让我的情绪高涨起来。

不过到了校门口，我就顾不上想爸爸的事了，因为几乎全校同学都提前到了，包括托比。他正在小卖部附近晃悠，穿着一件全新的夹克外套，脸上光滑发亮，似乎整张脸都涂了凡士林。

“嘿，利奥！”桑吉塔朝我跑来，“所有人都提前来了！他们肯定还不知道我们已经和《真正的儿童世界》节目组聊过了！等他们知道了，哼哼！嘿，是我的错觉吗，还是说大家看起来真的……有点儿奇怪？”

我看着桑吉塔，不知道该说些什么。她的头发上夹了至少一百个不同颜色的发卡，每个发卡上都有动物或花朵的图案，这让她的两条长辫子变成了两条“金属夹子长河”。但她说得没错，大家看起来确实和平时不太一样。虽然样子没变，但是……或多或少都变得更闪亮了。操场上挤满了人，每个人的头发似乎都比平时更加柔顺；脸上的笑容更加明媚，牙齿也更加洁白；大家身上的制服也都熨得直挺挺的——我从没见过线条如此硬朗的校服！每个人的鞋也都擦得锃亮。似乎所有人都从现实生活跳到了爸爸妈妈经常看的电视剧里。

“对了，我喜欢你今天的发型。”桑吉塔说。

“真的吗？”我问道，小心翼翼地拍了拍脑袋上立起的头发。我对着镜子捯饬了五分钟，用掉了博半罐发胶，才搞定这个造型。我现在只需要确保自己的脑袋不要乱动。

“我的妈呀……”桑吉塔倒吸一口凉气，撞了下我的手臂，然后指着操场中央，“快看德鲁！”

我看向桑吉塔指着的方向，差点儿惊掉下巴。德鲁正朝我们走来，一副超级明星的架势，成功让驻足围观的人群给他让出一条路来。他的制服不像往常那样皱皱巴巴的，也没有泥点子，他的头发被卷成了七根匕首形状的刺头。更引人注目的是，他两只眼睛上还分别抹了一道亮粉色和银色的闪粉，像两道闪闪发光的果酱。他走过时，南希都对他另眼相看。南希看起来和平时没什么不同，除了头发上系着一个比她脸都大的紫色蝴蝶结。

“嘿，你们看起来……非常酷！”奥利维娅朝我们走来，似乎这对她来说已经习以为常。德鲁和南希则一直偷偷盯着奥利维娅两膝上的闪光贴纸。

“嘿，你用得上这个……把它放在展板上吧。”奥利维娅递给我一样东西，我一看就知道是那张和她曾祖父有关的纸，“我希望你能把它放在展板上，并且让所有人知道这是我给你的，好吗？”

“但，这难道不是一个……”桑吉塔凑过来，压低声音说，“秘密吗？”

奥利维娅摇摇头。“我不想让它成为秘密了。我想让所有人知道他是我的曾祖父，而不是随便一个你们无意中发现的人。利奥，你能答应我把它放上去吗？”

我点点头，从她手中接过那张珍贵的纸。

铃声在操场上空回荡，所有门都被猛地打开。菲茨杰拉德校长穿着一双高跟鞋在大门口严阵以待，看起来就像一幢摩天大楼。她对所有同学大喊，提醒大家要得体地走进教学楼。

我们朝自己的教室走去。很快，我就意识到，为了迎接《真正的儿童世界》节目组，老师们也做足了准备。斯科特老师的胡子今天看起来特别亮，特别蓬松，圆鼓鼓的，像一颗贴在他下巴上的毛茸茸的足球。他往头发上喷了发胶，还戴了一个红色领结。教室里的物品陈列得格外整齐，比以往任何时候都要井井有条，干干净净。

斯科特老师点名做考勤时，我把博给我的资料拿给桑吉塔看。

桑吉塔看完后，对我低声说了一句“哇哦”。接着，她拿出自己的作业本，补充道：“也看看我爸爸昨晚帮我找到的东西！”

她打开作业本，向我展示里面夹着的两张打印纸。一张印着一个国家的地图，看起来像一颗钻石的切面；另一张印着照片，照片中有许多穿着纱丽和军装外套的女性，正在接受军官的检查。在这张照片下面，有一行小小的字：1944 年，陆军元帅克劳德爵士视察妇女辅助部队成员。

“酷！”我悄声回应道。我真为桑吉塔高兴，她找到了这么多对她有用的资料。同时，我也为自己难过，我还是对英雄利奥的事一无所知。我努力不去想这些，认真地看桑吉塔的本子。她往后翻，下一页是一张戴着头巾的男人的照片，他留着蓬松的大胡子和鬈曲的小胡子，看起来和桑吉塔的爸爸长得一模一样，但穿着一件棕色的军队制服。在他的照片旁有这样一段话：

阿萨·辛格在“二战”期间参与了英军的北非战役和意大利蒙特卡西诺战役。他是传奇人物曼塔·辛格的儿子。曼塔·辛格在第一次世界大战中英勇作战，在试图营救他的朋友乔治·亨德森上尉时因腿部中弹而牺牲。

桑吉塔俯下身，小声地说：“我爸爸找到了很多资料，在一个印度网站上。那里的故事多得我们的展板都装不下，演都演不完，甚至能装满一整个博物馆！真是不敢相信！”

我低头看着所有纸片——我的、桑吉塔的和奥利维娅的。我们距离目标越来越近了。我能感觉到，也许这才是英雄利奥想要我们去做的事——发掘更多人的故事，而不只是他的！如果单独看这些故事，它们或许显得微不足道。但如果把它们串起来，它们就会像圣诞节时装饰教室用的彩带。无数小纸条连接成彩带，高高悬挂在天花板上，看起来就像船锚的铁链一样结实有力，坚不可摧。

紧张的准备工作

整整一上午，全班同学都在用心练习台词。这一定会是我们学校举办过的最精彩的演出。我们将在演出的上半场展示一场宏大的战斗场景。而下半场，我们将重现伦敦大轰炸的惨烈战况；然后，所有的演员在舞台上定格，轮流讲述我们所扮演的人物的故事；最后，全班同学会排成一排，大声喊出自己扮演的人物的名字，这样就不会有人忘记他们了。

我扮演的是英雄利奥。桑吉塔扮演阿萨•辛格，她已经戴好胡子并穿好衣服了。我把皇家空军的标志贴在校服上，这就是我自制的皇家空军制服。英雄利奥这个角色只有两句台词，我打算在表演结束后，用最洪亮的声音喊出他的名字。

教室里，每个人都在忙碌地走来走去，但没有人能真正集中注意力。《真正的儿童世界》节目组的摄影机随时都有可能出现，所以大家都非常紧张，躁动不安，就连斯科特老师也时不时回头看向门口。

直到午餐时间结束，当我正忙着把假胡子贴在脸上时（我觉得英雄利奥应该留了胡子），期待已久的敲门声终于响起了。

“嘿，同学们，别管我们哦。”斯莫尔女士走进教室，整理了一下自己的头帘。所有人都僵硬地坐直身子，连斯科特老师也是。斯莫尔女士身后还跟着维恩先生，他扛着一台摄影机；在他身后还有一位女士，有一头紫色头发，抓着一根长长的黑色杆子，杆子的一端固定着一个东西，看起来像一只灰色长毛狗。

“我叫安妮，”斯莫尔女士说，“这两位是伦尼和凯塔琳娜。我们是《真正的儿童世界》节目组的。”

斯科特老师站了起来。“梦幻紫班！我们要对客人说什么？”

听到这儿，全班同学放声大喊：“欢迎来到梦幻紫班！”

安妮笑了，伦尼朝大家竖起大拇指。

“同学们，不用管我们，你们就假装我们不在这里，做自己的事情吧。”安妮说，也许她感觉到我们没法全情投入到自己的任务中，接着说，“我们会先拍一些大家做准备的画面，然后我们会在旁边的教室和个别同学单独聊聊天。”

斯科特老师点点头，捏了捏自己的领结。“当然，大家都知道自己应该做什么，我们已经准备妥当了。”

“真棒，”安妮说，“谢谢大家，那就……请同学们做自己的事情吧。”

“大家都听到了吧，”斯科特老师说，“做自己的事！立刻行动。”

大家又开始叽叽喳喳忙碌起来。负责演出的小队继续练习自己的台词，并且戴上了用滤锅做的道具帽子；负责展板的小队则继续画大教堂，同时收集所有人的故事和照片。

安妮、伦尼和凯塔琳娜先对演出小队进行拍摄。我很想不去在意他们，但真的很难做到，因为每隔几秒，我就能听到托比大喊：“那都是我的主意，你知道吗！”没过多久，安妮就邀请托比和克丽到旁边的教室接受个人采访。也就是说，他们一定会出现在电视节目里。

“那太不公平了，”桑吉塔抱怨道，把剪下来的印度女军官的照片贴到一张亮闪闪的金色卡片上，“他们肯定会相信托比说的一切。”

我给大教堂的尖塔上色。伊夫琳和劳拉已经快把旋涡状的黑色大门画完了，而加里和奥斯卡正在装饰一个通心粉罐子。教室里所有人都提交了他们的故事、画作和照片，现在我们要把这些素材好好装饰一番，然后贴到展板上。我要让它惊艳全场！托比可以撒谎说一切都是他的主意，把自己吹上天，但我会用展板和上面的故事告诉大家真相。

托比和克丽去了很长时间，因此在进行最后一次课间休息时，所有人都很好奇他们会遇到什么样的问题。

“显然，他们问托比是不是这次活动的总负责人，而他说自己是！”德鲁向大家汇报道。他不小心揉了眼睛，结果把亮晶晶的眼影抹到了脸上。

“他们问克丽以后是不是想成为一名演员！”南希不敢置信地摇了摇头。

“他们会成为这场演出的焦点，菲茨杰拉德校长会给托比颁发一个特殊证明，”劳拉小声地说，“我听伊夫琳说的，她是听约瑟夫说的，约瑟夫说这是菲茨杰拉德校长亲口说的！”

“克丽说他们确定、一定以及肯定会见到本和莉莉！”加里大喊着从我们身边经过。

“早就猜到了。”桑吉塔说。我们背靠墙壁，看着人群将托比和克丽包围得水泄不通。在操场另一边，奥利维娅和她的朋友也在远远看着人群，边看边嚼着口香糖，时不时还吹出几个泡泡。

课间休息结束后，所有在“伦敦大轰炸”场景中有台词的演员都去礼堂进行第一次集体排练了。教室里只剩下我、桑吉塔、伊夫琳和其他三位同学。安妮、伦尼和凯塔琳娜回到教室，拍摄展板小队的工作。我以为他们会和我们说起上次见面的事。但并没有。他们甚至装作完全没见过我们的样子，在让大家正常进行任务后，像蚊子一样在课桌边上转来转去，好像在寻找着陆的地方。

伦尼把镜头对着我们，不断拉近又拉远，拍摄我们绘画、上色，以及装饰闪粉亮片的过程，至少拍了十分钟。之后，安妮问伊夫琳：“你能跟我们说说这件作品背后的故事吗？”

伊夫琳立刻挺起身来，就像一只狐獴，然后说起她曾曾伯父的故事，还介绍了他获得的所有奖牌。我一边听，一边集中注意力完成我手头这幅英雄利奥的肖像画。我着重描绘了他的眼睛。我想把他的眼睛画得和爸爸的一样。我只能想象，因为直到现在，我都还不知道他到底长什么样。这种感觉可真糟糕！桑吉塔在给阿萨·辛格的照片上色，让他的胡子看起来更加浓密，也让他的红色头巾更加鲜艳。她已经把所有参与生产武器和制服的印度女性都上好颜色了。尽管她没找到有关 R. 辛格的资料，但她已经发现了许多其他人的故事。可我什么也没有，只有一件事情可以说。我真是太失败了。我根本不配当展板小队的队长。怪不得安妮和伦尼既不想采访我，也不想拍摄我。

伊夫琳说完她的故事后，安妮说："谢谢你们，所有人。"接着，她挥挥手，和伦尼、凯塔琳娜一起离开了教室。

"就这样吗？"纳尔逊问道。

"请保持安静。"登比老师抬起头看向我们，手里捧着一本《亨利四世》，书封上的莎士比亚仿佛也在盯着我们看。

我们备感失望，接着干手上的活。突然，我们又听到敲门声，看到安妮正朝教室里张望。

"桑吉塔和劳拉，你们能跟我过来一下吗？"她还朝我笑了一下，"请你们带上自己的作品。"

桑吉塔整理着自己收集到的资料，偷偷看了我一眼。我不希望她因为被选中而感到内疚，所以朝她笑了一下，让她知道我在为她高兴，然后低下头接着干活。

我没有眨一下眼睛，直到听见教室门关上的声音，一滴泪水从我的眼眶掉落下来，摔在了英雄利奥的脸上，他的眼睛也变得模糊不清了。

意外的新消息

“利奥，你能关掉电视去帮忙摆餐具吗？”

我叹了口气，按下遥控器，然后拿出我们平时用的竹餐垫。

“不，不是这些，”妈妈说，“去拿客人用的漂亮餐垫。你爸爸今天要带客人回来。多摆一位。”

我又深深地叹了口气，把平时用的餐垫放回去，拿出一些更大、更精致的垫子，每一块垫子上都画了一朵盛放的亮粉色兰花。妈妈离开厨房，去浴室给静怡洗澡；我拿出餐盘、玻璃杯和客用筷子。爸爸为什么会在工作日带客人回家？他通常不会这样做，毕竟大家工作日的时候都非常累！

我重重地放下盘子。今天晚上我不想打扮自己，也不想挂着客气的笑，装出一副心情很好的样子。至少现在不想。我没有实现对英雄利奥许下的诺言——安妮和伦尼没有采访我关于他的事，甚至理都没有理我。

桑吉塔和劳拉结束采访回来后，我努力表现出为她们高兴的样子，咧着嘴保持微笑，笑得脸都僵了。而此刻，我不想再伪装成高兴的样子了。也许我根本不配和英雄利奥拥有一样的名字。所有人的故事都能呈现在展板上，除了英雄利奥的。就连奥利维娅曾祖父的故事都出现了，她压根就不是我们班的同学！

屋外，雷声响彻夜空，没过几分钟，雨点便噼里啪啦地打在窗户上。我的内心和此时的天气一样灰暗。摆完餐具后，我走到客厅，躺倒在沙发上，希望自己一辈子都不用再起身。

“来，照顾一下静怡，我去准备晚饭。”妈妈指挥着，把静怡抱到我怀里，“你爸爸已经在回家的路上了，我来不及了！”

妈妈冲进厨房，厨房里马上响起锅碗瓢盆乒乒乓乓的声响。我看着静怡，静怡也看着我。突然，她咯咯地笑着，伸手打了我一巴掌。

“哎哟！”我大喊一声，揉揉自己的脸蛋，但这让她笑得更开心了。她用力往前撞，把整张脸都贴在我的脸上。我往她颈窝里吹气，逗她玩，这时，除了外面的雨声和她的笑声，我还听到了一阵敲门声。

“妈妈！门口有人！”我大喊道，把静怡的手从我脸上挪开。

“那你去开门！”妈妈也朝我大喊，“门铃肯定坏了！”

我咕哝着抱起静怡，朝前门走去，猛地把门拉开。

门外，在倾盆大雨中，一个穿着黑色长外套的老头正撑着一把绿色大伞，站在我家门口。我隔着雨帘看他。他是不是迷路了？走错地方了？突然，我发现自己认识这个人——那个长得像海龟的老人！他几周前来我家吃过饭。老人身后，一个男人探出头来看着我。是爸爸！他浑身都湿透了，微笑着对我说：“嘿，小子，能让我们进去吗？”

我赶紧后退，把门打开。

“谢谢你，小利奥。”老人轻声说道，收起雨伞，把一个大塑料包上的水抖落干净。

“客人来了！”爸爸大喊道，脱下自己的外套，又帮老人把外套脱下来，挂在玄关处。

妈妈也从厨房出来，小跑着来门口迎接。“恒大伯，欢迎欢迎。”妈妈和几分钟前的装扮完全不同。她把工作服换成了一条长裙，将马尾扎成了丸子头，仿佛她在厨房有一个秘密衣橱。

“请到这边坐，”爸爸引老人到客厅最大的沙发前，“利奥，把静怡抱给我，你去给我们泡茶，然后过来一起坐。我们要聊一些重要的事情。”

爸爸将静怡抱走并且亲了亲她。有那么一瞬间，我非常害怕。难道爸爸妈妈要让我去这个老人的家里干一辈子杂活，以惩罚我违法前往博物馆，并且弄坏了飞行模拟器？还是说，他们要让这位老人以后和我们一起住，而我必须把自己的房间让出来？我有很多堂兄妹都是和老人一起住的，我可不想像他们一样，一副几年没睡过好觉的样子。真希望博现在在家里，而不是去参加足球训练，这样他就能站出来反抗，让爸爸妈妈听听我们的意见。

“水已经开了，”妈妈说，“倒的时候小心一点儿。”

我走进厨房，发现妈妈已经把所有点心放在我们最高级的托盘上了。托盘里有一盘堆得高高的亮绿色椰丝球、一碟迷你咖喱泡芙，还有一碗麻辣花生。点心旁边是我们家超级、超级特别的茶具。这是一套亮蓝色的茶具，上面有手工绘制的白色樱花图案。我这辈子只见过爸爸妈妈用过它们一次——用来招待某位和马来西亚最高元首有血缘关系的客人。也许这位海龟老人也是不为人知的王室贵族？如果是这样的，那他应该就不需要我去帮他干活，或者搬到我们家来了吧？

我小心地往茶壶中倒热水，然后端起整个托盘走到客厅。沉重的托盘在我手中叮叮当当地抖动着。

“谢谢你，利奥。”爸爸看着我的眼睛说道。自周六事件后，他第一次这么做。我坐在旁边，看着爸爸妈妈把茶水倒进茶杯，又招呼老人吃零食，心里着急得很。他们能不能快一点儿告诉我到底发生了什么事啊！

“利奥，你还记得恒爷爷吗？”爸爸说。

我点点头。老人家端起茶杯，慢慢地吸溜了一口茶。这是我听过的最长、最响的吸溜声。

“你之前和他说起过你的名字，还问过他你名字的来历。”

我又非常迫切地点了点头。我的脉搏开始剧烈跳动，而且跳得越来越快。“他……他说我的名字非常好。”

“是我说的，是我说的。”恒爷爷说。

“是这样的，自从你上周六……做了那些古怪的事情后，我琢磨了一下，打了几个电话，然后……”爸爸停了下来，看着那位老人，“恒大伯，不如你告诉他吧？”

恒爷爷摇了摇头。“我直接给他看吧。”他放下茶杯，拿起随身携带的大塑料包，动作格外缓慢。

我看向爸爸，原来我一直都想错了，爸爸并没有生我的气，也没有故意不理我。他一直在帮我，尽管我总是让他丢脸，还差点儿吓死苏姑姑，甚至还弄坏那个比我们家房子都贵的飞行模拟器……

“年轻人，我想这个应该由你亲自打开。”

恒爷爷将一个大信封递给我，信封上贴着许多色彩鲜艳的邮票，还贴着大约二十张写着“特殊邮递”和“航空邮件”的贴纸。我接过信封，手指紧张得发凉。我将手伸到信封中，取出了……一本旧书。

书的棕色封皮皱皱巴巴的，就像恒爷爷的手。封面上有一行用黑色马克笔写的字：

1941 年《马来西亚论坛报》中关于“二战”的文章

“这是我一位老朋友的儿子寄给我的，”恒爷爷解释道，“我们很幸运，那孩子特别喜欢囤东西，和他父亲一样，而且记忆力好得不得了。你问完我那个问题后，我联系了他，之后他找到了一些资料，寄给了我。

“你看，我那位老朋友以前很喜欢收集剪报。他会剪下他认为重要的文章，把它们做成一本书。现在，他儿子也有这样的习惯。这真是帮了我们大忙！来，翻开贴了黄色贴纸的那页。

小心一点儿，要非常、非常小心。你手中握着的是真正的历史。”

“来，我来帮你。”爸爸看到我的手有些发抖，对我说道。他将静怡抱给妈妈，坐到我身边。

我捏住那张画了星星的便签，轻轻翻到那一页。这一页只有正中心贴着一张剪报。在这张剪报的中央，是一个穿着白衬衫、系着一条条纹领带的男人的黑白照片，他直视镜头，正看着我们。他平直的黑发整齐地偏向一边，大大的眼睛、上扬的嘴角，透出盈盈笑意。照片上面的标题写着：

历史上第一位马来西亚籍华人皇家空军飞行员

利奥·凯·林

即将离开新加坡参与联军作战

我盯着照片和标题，不舍得眨眼。是他！是利奥……英雄利奥——他的长相、衣服、发型、领带和介绍！

我快速将文章浏览一遍，一目十行地扫过所有句子。文章说，利奥以前是一名汽车推销员，最早是在新加坡皇家飞行俱乐部学习驾驶飞机，因为那是这座城市中唯一一个可以让他学习驾机飞行的地方。报道中没有提到其他我想了解的事情，比如，为什么利奥最后被葬在罗切斯特大教堂，或者他曾经参加过什么战争。但这已经足够了。这足以告诉全世界，在我的父母、祖父母和曾祖父母生活的国家，有一群与我有着相似面孔的人，他们曾在战斗中浴血奋战过。

读完文章，我看着英雄利奥的照片，不禁泪流满面，心里那道隐形的伤口似乎裂开了，潜藏在伤口内的一切都喷薄而出。我下意识喊了出来："爸爸！他长得像你！像你——和博！"

爸爸环抱着我，在我耳旁轻声说："是啊，有点儿像！和你也很像。"

妈妈笑了，说："是呀，头发特别像！"

我用袖子擦了把脸，看向恒爷爷。我心里有一个疑问，于是清了清喉咙，问道，声音大得出乎我的意料："您觉得这个利奥——您觉得这就是我叫利奥的原因吗？您说我爷爷认不认识这个人呢？"

我等待着，真希望能听到一声毫不迟疑的"是"，但恒爷爷却摇了摇头。

"很遗憾，我不知道，年轻人。"他说，"我想，这个利奥既然是在英国去世的……那就不太可能了。但谁也说不准。也许他们认识。毕竟他们年纪相仿。你父亲让很多人帮忙寻找线索，不仅是这边的人，还有老家的人，以及我朋友的儿子。"

爸爸用力捏了捏我的肩膀。"没错，还是你苏姑姑组织的，她给所有认识的人都发了信息、邮件，还写了信。现在我们有了一些日期和生活背景，应该能找到更多其他信息了。"

"苏姑姑也帮我？我……差点儿把她吓出心脏病……"

恒爷爷发出一声长长的、哼哧哼哧的笑声。"啊，对！现在整个新加坡都知道，你大清早打的那通电话了。还有半个马来西亚。还有你周六大闹博物馆的光辉事迹。可以说十年来咱们家族都没有过这么大的新闻了。”

我低头看着那张纸，看着英雄利奥的脸。哪怕全世界所有国家的人都在议论我、嘲笑我，我也不介意。因为现在我终于知道他的长相，了解他的一些故事了。

突然，从客厅外传来“砰”的一声关门声，所有人都被吓了一跳。博结束了训练，像巨人一样“咚咚咚”地走进家里。他把背包甩到一个角落，然后突然发现客厅沙发上坐着一位老人。

“哦！”他大声地说。

“博，你还记得恒爷爷吗？”

博顾不得身上还沾着湿泥，马上有礼貌地向老人问好。接着，他看到我正抱着一本剪报本，问道：“发生什么事了？”

“我们找到他了，博！大教堂里的利奥。你看！”我把书高高举起，让博站在原地就能看清英雄利奥的长相。他浑身是泥，又脏又臭！

“挺酷的，”博说，“所以，我们是，跟他有血缘关系吗？”

恒爷爷微笑着。“这不太可能，小伙子，目前来看还是八竿子打不着的事情。但如果真的有关联，我们应该能找到证据。就算没有也没关系，因为我们的利奥凭借自己的力量，和原本我们可能永远不认识的利奥创造了联系，并且让他不再被人遗忘。这足以让人感到高兴，不是吗，利奥？”恒爷爷看着我，露出笑容。我感觉此刻的自己拥有无穷的力量，能完成世界上的所有事情。

“话说回来，博，也许你应该去和热水澡联络一下感情。”爸爸暗示道。

“对，免得你把恒爷爷吓跑。你已经要把静怡吓哭了。”妈妈把静怡的脸转过来给我们看。静怡的小脸蛋皱成一团，满脸通红，仿佛是想弄明白为什么她明明什么也没做，屋子里却这么臭。

“好啦，好啦，”博念叨着，拿起背包，“利奥，给我复印一份，好吗？我有用。”还没等我回答，博就一溜烟跑上楼，回房间去了。

“对了，利奥，这些信息够你完成目前的展板任务吗？”爸爸问道，也和我一起低头看向英雄利奥。

我张了张嘴，想告诉爸爸，不只是够了，它们大大超出了我的预期，超出了很多、很多！这些信息太有分量了！现在，我不仅兑现了自己的诺言，还能把利奥的照片和故事放到展板上，让全班同学，让《真正的儿童世界》节目组，让托比和凯瑟琳以及所有认为我的国家在战争中一无是处的人好好看看！不仅如此，我还能证明一件事——我的家人遍布世界各地！他们帮我找到了英雄利奥！尽管我们相距万里，尽管我差点儿把长辈吓出心脏病，他们也愿意帮助我。

我一个字也没说出口，但我知道，爸爸、妈妈和恒爷爷一定能理解我此时的心情。博上楼洗澡后，妈妈到家庭办公室里把剪报复印了好几份。恒爷爷冲我举起茶杯，说：“孩子，敬你一杯。”

而与我并肩坐在沙发上的爸爸早已和我一样湿了眼眶，他揉了揉我的头发，小声地说：“真好……”

展板风波

“利奥！看！我妈妈昨晚给了我这个。”桑吉塔隔着操场对我大喊。

同学们今天也是一大早就来到了学校。每个人看起来都和昨天一样干净利落、精神饱满。万一《真正的儿童世界》节目组今天再回来拍摄呢？桑吉塔朝我和德鲁跑来，明亮的绿色雨靴都跑出了重影。她跑到我们面前，将一本书扔到我怀里。书封上有一位穿着制服的大眼睛的印度女性。

“呃……你知道我们图书馆里有很多书吧？”德鲁问道，为自己的机智窃笑不已。

“可没有这本书，”桑吉塔说，“这本书讲了一名印度特工的真实生活。一名女性特工，你敢相信吗？这是我妈妈从她朋友那里借来给我看的。我要把这位女间谍的故事也放到展板上，紧挨着皇家空军中的女性的故事。”

“什么！你是说真正的特工？就像《007》里的詹姆斯·邦德？”德鲁饶有兴趣地看着那本书问道。

“没错，你看！”桑吉塔把书翻过来，指着背面说，“她叫努尔·伊纳亚特·汗。她是我看过的最勇敢的人。她在执行特工任务时被敌人抓到了，如果她说出情报，或许可以保住性命，但她没有这么做。她太了不起了，丘吉尔还把她编入了特殊行动小队里。”

“如果她真的这么特别，为什么我们完全没有听过她的大名呢？”德鲁问。这时，南希也小跑着加入我们。她今天头发上系了三个巨大无比的蝴蝶结。

“听过谁的大名？”南希问道，靠过来看桑吉塔手中的书。

“努尔·伊特·肯。”德鲁回答道。

“不对，是努尔·伊纳亚特·汗！”桑吉塔强调道，“她是一位著名的英国特工。如果是今天接受采访就好了，那样我就可以向安妮和伦尼好好介绍她了！我决定了，我要在演出中扮演她，不演阿萨·辛格了，虽然我很期待能粘着胡子表演。在演出的最后，我还要大声喊出她的名字！”

“她听起来真厉害，”我对桑吉塔说，此时她已经兴奋得像个皮球似的原地蹦跶起来，“我也有所发现！”

“真的吗？关于英雄利奥？”桑吉塔大声问道，德鲁和南希也靠了过来。

我拿出有关英雄利奥的剪报的复印件，平铺在桑吉塔的书上，还没来得及细说，南希瞥了一眼我身后，警觉地低语道：

“小心！”

“你们在干什么呢？”传来托比的声音。

我转过身去，准备告诉他快点儿从我眼前消失，但还没来得及开口，我手中的桑吉塔的新书和英雄利奥的剪报就都被托比抢走了。

“嘿，还给我！”我大喊道，绝望地四处寻找老师的身影，但一个老师都没有。周围有很多同学，安静地站在原地看着我们。

“看啊——‘努哥·伊哥特·肯’，”托比放声大笑，把书递给凯瑟琳看——她正看着书背面的照片偷笑，“还有一个废物！”他看着英雄利奥的文章说，“这些人是谁？犯罪分子吗？”

“不是！”桑吉塔大吼，“他们是英雄！”

“胡说八道！”托比非常不屑。突然，趁我们反应不及，他一把抓住桑吉塔那本书的封面，将它扯了下来，然后又将英雄利奥的剪报撕成了两半。

我们震惊得张大嘴巴，发出无声的尖叫。我们就这样惊恐地看着托比将书和碎纸举起来，准备扔出去。就在他准备松手之际，另一只大手凭空出现，握住了托比的手腕，阻止了他。

我顺着那人的手臂看过去，发现是奥利维娅。托比也发现了，他的身体似乎瞬间“缩水”了两英寸[1]。

“你想对我的朋友做什么？”她平静地问道。

[1] 英美制长度单位。1 英寸合 2.54 厘米。

还没等托比回答，奥利维娅便从他手里夺回了桑吉塔的书和我的剪报，还拿走了他的篮球，并用尽全力抛向远处。

“去捡吧！”奥利维娅对托比发号施令道，同时瞪着凯瑟琳。

“我会……我会——”托比结结巴巴地说道。

“你会怎样？”奥利维娅问道，像一头愤怒的公牛，仿佛想把对方顶出去。

托比又“缩水”了一点儿。“我会报仇的！”他喊道，然后便跑去追自己的球，凯瑟琳则忙不迭地跟在他身后。

我们一行人惊到说不出话来。奥利维娅把破损的书和已经被撕成两半的剪报递给我。德鲁从地上捡起书的封皮，一脸遗憾地将它还给桑吉塔。

“谢谢你，”桑吉塔声音低沉地说，“妈妈会杀了我的。这是她从朋友那里借来的。为什么托比一定要这么坏呢？”

“因为他很愚蠢。”南希说。

“而且喜欢嫉妒，或者说是畏惧。”奥利维娅补充道。

“畏惧？”我好奇地问。托比和凯瑟琳会嫉妒什么，或畏惧什么呢？当然，除了对奥利维娅。

“我不知道。每次有人对爸爸不友善时，妈妈都会这么说，”奥利维娅说，“或者有人不尊重那边那个家庭的叔叔阿姨的时候。”

“哪边？”南希问完，似乎被自己的问题吓坏了。

奥利维娅眯起眼睛，上下打量了南希一番。“加纳那边，”

她扬起眉毛，“有问题吗？”

南希摇摇头。“没有。那里不是巧克力的原产国吗？我叔叔经常坐飞机去加纳那边的巧克力公司。”

“你可没说过你叔叔有一家巧克力公司啊！”德鲁非常不满地抗议道。

“那公司又不是他的，傻瓜，他只是去给种子什么的做一些测试，”南希解释道，“总之，他爱死加纳了。他说总有一天要带我过去玩，因为那里的食物超级好吃。”

“你叔叔听起来很酷，”奥利维娅微笑着说，“对了，利奥、桑吉塔，我还是没有任何关于我曾祖父的线索。我们几乎给所有亲戚都打过电话了，连朱尔斯都帮忙了，但一个认识他的人都没有。他走得太早了。他死的时候，我奶奶还只是个婴儿，所以她也从未见过我曾祖父。我们尝试在一些族谱网站上搜索他的名字，但也一无所获。不仅查不到他，也查不到我们的名字。爸爸说那是因为我们祖先的资料已经被当年的侵略者彻底销毁了，所以我们什么也搜不到。”

“这太糟糕了。”我为她感到遗憾，同时也在好奇我是不是也有一个被以这样的方式夺走的祖先，“但我们已经把他的那张纸装饰好了，之后就可以放到展板上了。他会出现在上面的。”

“我向《真正的儿童世界》节目组介绍了他，”桑吉塔说，“我还介绍了英雄利奥。所以如果下周我能出现在电视节目上，所有人都会认识他们。”

“你真的这么做了？”我感到万分惊喜，我一直沉浸在自己对英雄利奥的愧疚中，甚至忘了关心桑吉塔的采访，“谢谢你，桑吉塔。”

桑吉塔耸了耸肩，似乎并不觉得自己做的事有多么了不起。

奥利维娅还没来得及道谢，校园的铃声就响了起来。“好吧……如果你们找到了其他信息，告诉我。”说完，她匆匆离开了。

“哇哦，”德鲁发出了一声惊叹，我们也朝校园走去，“奇迹真是每天都在发生啊。谁会想到呢，对不对？”

“想到什么？”我问。难道德鲁指的是奥利维娅的父亲来自加纳这件事？

“奥利维娅·莫里斯竟然说我们是她的朋友。”德鲁说道。他轻轻点了点自己的眼皮，确认上面的闪粉没有掉，然后跟着我、桑吉塔和南希一起，一脸骄傲地走进大门。

那天，《真正的儿童世界》节目组没有现身。第二天也没有。到了星期一，各种小道消息在校园里传开，就像闪电一样四处噼啪作响。

传言一：由于我、桑吉塔和奥利维娅在皇家空军博物馆的犯罪行为，我们学校已经失去参赛资格了。

传言二：我们的展板和演出设计得太糟糕，市长不得不召开紧急会议，很快她就会宣布，从今以后，肯特郡的任何学校都不能再参加竞赛，除非她死了。

传言三：斯科特老师的胡子和我们的作品一样糟糕，把制作人吓跑了。

这些传言让大家对我、桑吉塔和奥利维娅指指点点。南希和德鲁进行了反击，他们知道这些传言不是真的，更不愿意看到我们因传言而难过。在操场另一边，奥利维娅的朋友们也开始警告那些议论我们的人，让他们别骚扰我们。起初，我以为是奥利维娅让她们这么做的，后来才发现，她们是因为觉得我们很有趣，有趣到完全可以做朋友。现在，我们不仅得到了奥利维娅的保护，还得到了她朋友的支持，这让我们感觉自己更酷了，就连别人怎么看待我们，似乎也不那么重要了。

虽然流言蜚语让操场上的形势发生了翻天覆地的变化，但在教室里，大家依旧干活干得热火朝天。

斯科特老师说话的架势越来越像真正的大将军。“还有四天！梦幻紫班——就四天！（‘砰’地捶桌子！）”他用力地捶桌子，把桌上的铅笔都震到地上了，“还有四天，我们所有作品都要接受竞赛评委的检查。所以，演出小队每天去礼堂排练四小时，明天就行动！每个人都要确保将台词记得清、楚、准（‘砰’！）、确（‘砰’！）！一秒钟都不能浪费。展板小队，展板今晚必须挂上！还有哪里没完善的，马上动手！规划好每一篇故事的位置。把四张桌子拼在一起，把展板放出来给我看看。行动！（‘砰’！）”

同学们立刻行动起来。所有故事和各种素材都已准备就绪，从芝士通心粉做成的罐子到硬币制成的奖章，再到家族亲人的照片，以及用心编写的传记。巨大的教堂尖塔已经完成，斯科特老师还帮忙绘画和上色了。那面写满名字的墙也已经大功告成。

看着自己的想法在画纸、彩笔和闪粉的完美搭配下成形，我心里有一种微妙的感觉。班上的每一位同学都参与到了墙砖的绘制中，将自己想要纪念的人的名字写在上面。我的墙砖上写了英雄利奥的名字，还画上了他的金狮。桑吉塔占用了四块砖：一块给 R. 辛格，因为是他启发了桑吉塔踏上寻找故事的旅程，一块给阿萨•辛格，一块给努尔•伊纳亚特•汗，最后一块给“所有我们不知道名字的女性”。

“利奥，你觉得另一位利奥的故事放在哪里合适？”伊夫琳问我。

我指了指右上角。那是展板中距离教堂大门最近的地方，也是我最初看见英雄利奥名字的地方。我拿起周末画的肖像画、简报和新加坡地图，放在我选好的位置上。那张肖像画可是我画了十三张废稿后才画出来的。

“我要把我搜集的故事放在这里。”桑吉塔拿起一张大大的印度地图，地图上贴着她特意画的肖像画和搜集的照片，然后一并放在英雄利奥的旁边。

我拿起另一些资料，放在桑吉塔的作品旁边。那是桑吉塔为奥利维娅的曾祖父画的肖像画、我画的不太平整的加纳地图，以及一张色彩鲜艳的邀请函复印件。这样，我们三个人的作品就排成了一条直线。到目前为止，除了南希和德鲁，没有其他人知道理查德是奥利维娅的曾祖父，就连斯科特老师都不知道！他将作为“秘密嘉宾”出现在展板上，这可真是太有意思了！

大家七手八脚地拼凑、摆放、移动着素材，想为它们找到最合适的位置。我突然发现，这一整块展板就像一张巨大的家谱，但不是普通的家谱。这张家谱中的成员都没有血缘关系，他们来自素未谋面的陌生家庭，来自全世界的各个角落，但最终在这里成为家人，因为他们都有着相似的经历。每一个名字都代表一个分支，家谱的分支会越来越多，永远没有尽头，只要大家能记得英雄们的故事。

“真妙！”斯科特老师一边鼓掌，一边走过来，帮我们把最后两个故事拼到展板上，“这是我看过的最棒的展板！今天放学前我们就可以把它挂起来了。”

最后一个课间休息的铃声响了，斯科特老师拍拍手，为所有辛勤劳动的同学喝彩，并让大家去教室外面好好玩一玩。

不过，我们并没有去操场，而是走进礼堂，因为外面的天空灰蒙蒙的，云朵沉重地往下坠着，并不适合玩耍。

“天啊！我好困。”德鲁说道，“要是有张床就好了！”

“那边有桌子，你可以趴着睡一会儿。”桑吉塔指着礼堂后面的空桌子。

我们连忙冲过去，生怕被别人占了。德鲁一屁股坐下，两手交叠，垫在脑袋下面。

“我也想睡觉。”我说着闭上了眼睛。

我就睡几秒钟……

“利奥，醒醒！快！”桑吉塔晃动着我的手臂，“该回去了！”

我猛地惊醒，发现大家都走了，亨德森老师正敲着手表看着我们。我赶紧站起来，跟在桑吉塔身后跑向教室。我们匆匆忙忙地跑进教室，暗暗祈祷不会被斯科特老师发现。但教室里不像平时那样喧闹、忙碌，反而鸦雀无声。我和桑吉塔先后跑进教室，斯科特老师抬起头看向我们。

“对不起，我迟到了，老师。”我低头喃喃说道，不知道自己到底迟到了多久，才会让他这样看着我。

斯科特老师看看我，又看向展板。同学们都围在展板周边，就像围观别人打架或看热闹时那样。桑吉塔顺着老师的视线往下看，大喊一声：“不！”她难以置信地捂住了嘴。

我走到桌边，低头一看——在放置我和桑吉塔、奥利维娅三人作品的地方，被泼上了四块硕大的油漆印。每一块都仿佛是从我们的故事中渗出的鲜血，将英雄们的面容掩盖在一片血腥之中。

爸爸的智慧

走在放学的路上，爸爸问我：“你怎么不说话？没事吧？”

我踢开路边的一颗石子。我难过得说不出话来，只想狠狠地踹东西。石子沿着潮湿的路往远处滚动，最后落入一个大水坑里。雨已经停了，但我希望它接着下，这样我就能在雨水的掩饰下放肆大哭了。

“你们的任务完成得怎么样了？”爸爸尝试和我说话，“我和妈妈这周五会去看演出，你知道吧？我们特别期待看到你们的作品。”

如果爸爸知道托比把我的作品毁了，他会怎么说？没错，我知道是托比干的，是托比和凯瑟琳，虽然我没有证据，但我就是知道！全校就数他们最讨厌我，只有他们会做出如此恶意满满的事。斯科特老师生气地质问是谁干的，如果没有人承认，那么所有人都要受罚。但这样是没用的。托比肯定会非常乐意接受这样的结果。他会在斯科特老师注意不到他的时候偷偷冲我笑。

“利奥？”

“没事！爸爸！”我大吼道，将外套的帽子甩到头上，加快脚步，免得他看见我的脸。如果他和别人的爸爸一样，会为此生气，会帮我解决问题，那我或许会告诉他发生了什么。但他才不会呢。他只会说“哦，这种事情很常见”。

“利奥·凯·林！你给我站住！”爸爸呵斥道，小跑几步跟上我，抓住我的手臂让我停下，“不准这样从爸爸面前走开！听懂没有？”

我低头看着地面，热得满脸是汗，仿佛烤炉中的一块热炭。我知道路人都在看我们，但有生以来，我第一次不在乎别人的目光。

“你听到没有？”爸爸弯下腰与我对视。

“知道了！”我试图从他手里挣脱。

“不，”他加大手上的力度，“除非你告诉我发生了什么事，否则我们今天哪儿也不去。”

“爸爸！你让我丢脸！”我大喊道，“你总是让我丢脸！”

愤怒的语言从我嘴里跑出来，一字一句砸在爸爸震惊的脸上。我真希望自己没有说出口。我甚至希望自己从一开始就没学会过说话。

“我明白了。”爸爸平静地说道，仍旧僵硬地站在那儿。

“不是的，”我想安慰爸爸，“我的意思是……是……”

“什么？”爸爸严厉地问道。

他不明白！他从来都不明白！我心中的伤痕就像一个即将爆炸的灯泡，嗞嗞作响，然后猛地破裂，化作千言万语，冲出我的喉咙。“你对那些不尊重我们的人从来不采取任何行动！你总是……总是说那些事情很常见，你对所有人都很友善，甚至是对那些因为我们的外表与众不同就欺负我们的人！但你这样做并没有改善我们的处境，只会让我们过得更糟！我不想这样！我想反抗！为什么你从来都不反抗！”

一滴冰冷的灰色雨滴落在我的鼻尖上，紧接着，又有二十几滴水珠落在我的脸上。周围的人都走了。

“我明白了。”爸爸又说了一次。他的眼睛一眨不眨，好像根本感受不到雨水的存在。

我用袖子抹了一把鼻子，耷拉着脑袋盯着人行道。我从没有朝爸爸大吼过，今天却这样做了，但内心感到十分空虚和恐惧，就像一个即将崩塌的山洞。我听见爸爸往前走了一步。他握住我的手，然后在湿漉漉的街道上单膝跪地，看着我的脸。

“看着我，利奥。”他说道。

我抬起眼，与他对视，等着他的斥责。但爸爸并没有批评我。

“你为什么会认为我不想反抗呢，利奥？你真的觉得我是心甘情愿对那些不值得我尊重的人微笑的吗？”

我不知道。

“我也不喜欢这样，”爸爸的声音颤抖着，“但我不得不这么做。因为，如果我攻击他们，那他们就胜利了。如果我攻击他们，就正好满足了他们的想象——我是一个没有教养、行为粗鲁的人。但我不是。我们都不是，他们才是。所以我尽量表现得友好、宽容，哪怕在面对他们的无礼和无知的时候。我要让他们知道，我比他们更优秀。我不像他们那样心胸狭小、充满仇恨和恶意。当我向他们展现出真正的自己时，利奥，他们就输了。”

“他们输了吗？”我感到疑惑。

爸爸朝我微笑。一滴雨水从他的嘴唇上滑落而下，就像一位专业潜水员。“是的，他们输了。也许需要一些时间沉淀，但会令他们开始思考、开始怀疑——为什么自己要忌恨或伤害一个并不忌恨也不会伤害他们的人呢？我们不是要屈服，而是永远都不要成为他们那样的人。我们不要去做他们所做的事，不要受他们的影响，否则将失去尊严，失去家人和族人的尊严。失去尊严，就会成为真正的失败者。”爸爸松开我的手，站起身来，“告诉我今天发生了什么。不然，我们只好在雨中多站一会儿了。”

我抬头看向爸爸，发现他好像不一样了，他变得非常高大、强壮。此刻的他，就像一位神秘战士！

头顶传来一阵隆隆声。

“学校里有人破坏了我们的作品。我画的英雄利奥、桑吉塔画的努尔·伊纳亚特·汗和阿萨·辛格，还有奥利维娅的曾祖父理查德·莫里斯，都被毁了。”我飞快地说道。

“怎么毁的？”爸爸问。

“有人往照片上泼了红油漆。完全被毁了。活动规定，今天必须把展板挂上去，我们没有时间重做了……而且……”我的声音在发抖，我说不出完整的句子。

大雨倾盆，把我们都淋成了落汤鸡。

为了让我听清，爸爸不得不大声吼道：“是谁干的？”

我摇了摇头，因为我知道就算我说出托比的名字，爸爸也会让我拿出证据。他总是这样。必须先看到证据，才会有所行动。

“是那个男孩吗？拿着网球的那个？那个伤害你的男孩？”

我抬起头，感到非常意外。“是的。”我等着看爸爸习惯性的耸肩，然后说出那句口头禅“好吧，这些事很常见”。但这一次，他并没有。

“你先回家，”他把钥匙递给我，“我晚点儿回去。”

“但是，爸……”

“别犟了，利奥。回家吧。”

爸爸的声音中带着一种压抑的愤怒，让我心生一丝畏惧。我接过钥匙，大步往家跑。几秒钟后，我回头看，爸爸已经不见了，他就像中了魔法一般，融化在了雨水中。

回家后，我洗了澡，换了衣服，坐在窗边等爸爸回来。一小时过去了，妈妈和静怡回来了。

“妈妈，你知道爸爸去哪儿了吗？”我问道，“还有博呢？”

“你爸爸发信息给我说要去处理一些事情，博也去帮忙了，”妈妈说，“恐怕我们得先吃晚饭了。”

两小时过去了，我们吃完了晚饭。三小时过去了，爸爸还是没有回家，博也没有。与此同时，大雨一刻不停地从天上倾泻而下。

“妈妈，他们去哪里了？”我问。我甚至已经不在乎托比和那些红油漆了，我只想他们回来。

“我已经说过了，利奥，”妈妈说，哼唱着歌谣哄静怡睡觉，“去睡觉吧，明天你就会看见他们。”

“妈妈，求求你，我能不能等他们回来再睡？”

“不能，”妈妈认真地说，“去睡觉。现在。”

我跑上楼，钻进被子里，暗暗发誓要保持清醒。但被子里太温暖了。我的眼皮又酸又沉，渐渐地，我陷入了沉沉的梦乡。在梦里，我看到飞行员驾驶着飞机，在夜空中翱翔，用飞机上的电台呼叫着援军。

第二天早上，在刚醒来的三秒钟里，我的大脑一片空白，然后慢慢地，记忆逐渐复位，像一颗颗油漆炸弹在我脑子里爆炸。利奥的画。红色油漆。爸爸！

我一把掀开被子，冲下楼去。妈妈在餐厅里唱着歌，静怡在笑，但当我一把拉开餐厅的门时，却没看见爸爸的身影。

妈妈知道我在找谁，对我说：“他今天有事，一大早就出门了，亲爱的。博也是。但你今晚放学就能看见他们。去收拾一下，我送你去学校。今天不是要宣布竞赛获胜者吗？”

我点了点头，但我已经不关心竞赛结果了。我们错过了挂起展板的最后期限，也就是说，我们失去了获胜的资格。

在校门口，我看到奥利维娅和桑吉塔凑在一起，站在小卖部门口。我朝她们走去。

“这是宣战。”桑吉塔说。

奥利维娅点点头。“他踩过太多条底线了。”

“就是！”桑吉塔说，“不如我们把他那些网球和篮球的气都放了。所有的球！”

“你觉得我们该怎么做，利奥？”桑吉塔看到我走过去，问道，“我们在策划一场行动，报复托比和凯瑟琳，以及所有帮他们破坏展板的人。”

“要我说，我们应该在演出上搞破坏，”奥利维娅坚定地说，“但只能针对托比和凯瑟琳，不能影响其他人。非常简单。我们可以把鼻涕虫倒进他们的戏服里。我家花园里有一大堆鼻涕虫。”

“他们两个这么恶心，说不定很喜欢鼻涕虫！”桑吉塔说，“就算他们不喜欢，只要把鼻涕虫挑出来就可以继续演出了。我想到了！我妈妈从伦敦带回来一大包辣椒酱，正宗的印度红辣椒！把辣椒酱放到他们的午餐里？他们一定会被辣得说不出话，更别说好好演出！有些大人都会被这种辣椒辣哭。他们可能会被辣得把头发都甩下来！”

“谁会把头发甩下来？”南希加入了我们。

“哦，淘气包们，我能加入吗？”跟在南希身后的德鲁问道。

不过，我们还没来得及研究怎么神不知鬼不觉地把辣椒酱掺到他们的午餐里，铃声就响了。走进教室时，我们停止了交谈，因为菲茨杰拉德校长正站在讲台的一边，《真正的儿童世界》的制作人安妮站在另一边，夹在中间的斯科特老师看起来十分焦虑，脸上直冒汗。

“早上好，孩子们，”校长点了一下头，“请马上坐下。我要跟大家说一件非常严肃的事情。”

我们赶紧回到自己的座位，挺直了腰板，坐得端端正正的。我们把手交叠着放在桌上，每个人都在心底进行无声的祈祷，希望会有好事发生。竞赛一定已经结束了，要不然安妮怎么会出现在这儿呢？

“大家应该都记得安妮女士吧？”菲茨杰拉德校长说道。

安妮朝大家挥了挥手。

“昨天，在这间教室里发生了一件非常不好的事，有人蓄意破坏了展板上非常重要的内容。我们今天过来就是要说下这件事。安妮，交给你了。”

安妮往前走了一步，看着所有同学，说道：“同学们都知道，在《真正的儿童世界》节目中，我们赞美来自世界各地的人们和他们的故事。这意味着，我们绝不容忍任何人因偏见而伤害他人，或破坏他人的作品。经过这么长时间的学习和研究，大家应该都知道，第二次世界大战是一场让全世界人民都团结起来的战斗，最终的胜利果实也是由全体同盟国[1]共享的。”

除了看起来已经石化成雕像的托比和凯瑟琳，所有人都大

[1] 对第二次世界大战期间参加同德国、日本、意大利轴心国作战的国家的称呼，如中国、苏联、美国等。

喊道："知道！"

"很好，"安妮说，"我很高兴听到你们这么说，我希望大家都能明白为什么我们要格外重视昨天这起事件。利奥和桑吉塔的作品因为介绍了其他民族的英雄而被恶意破坏，这种行为是极其恶劣的。我们会对这次事件进行全面调查，对不对，斯科特老师？菲茨杰拉德校长？"

斯科特老师和菲茨杰拉德校长绷着脸，严肃地点了一下头。

安妮接着说："对于这次事件，我感到非常痛心，如果不是发生意外，那我可以直白地告诉大家，咱们学校有很大概率赢得这次竞赛。"

全班同学都倒吸了一口气。

"节目评委们看了我们的视频，都赞不绝口，他们看到了你们排练演出时的场景，也看到了展板，都认为你们选择的主题别具一格。"安妮接着说，"但这一次的蓄意破坏，夺走了大家获胜的机会，幸好……"

全班同学都不敢说话，静静聆听着。

菲茨杰拉德校长拿出一幅画，画中人正是努尔·伊纳亚特·汗。她又拿出了一幅画，是英雄利奥。最后，还有一张理查德·莫里斯的肖像。只不过这几张画得比我们自己画的好了几百万倍！

我盯着肖像画下方那飞扬的斜体字，圆润的笔画下笔较重，平直的笔画下笔较浅……我认得这个字体。这是爸爸的字！难道这就是爸爸和博昨晚做的事吗？为了让我们的故事重见天日，他们重新制作了我们放在展板上的作品？

“感谢利奥、桑吉塔和奥利维娅的家长，他们昨晚和斯科特老师一起，赶在半夜十二点之前完成了这些作品。这几张作品将会被放回到展板上，放回原本属于它们的位置上。”菲茨杰拉德校长说。

“这也意味着我们还有机会。”斯科特老师朝我和桑吉塔抛了个飞眼。

桑吉塔兴奋地在桌子底下悄悄踢了我一脚。

“没错。但是，”安妮说，“要想得到机会，也是有条件的。恶意破坏作品的人必须从竞赛中除名，所以，我们需要搞清楚做这件事的人是谁。除非做错事的那个人——或那几个人——在今天中午之前找斯科特老师和菲茨杰拉德校长坦白，否则，我们无法让你们如此优秀的作品获得参赛资格。”

我的心跳得和桑吉塔抖脚的频率一样快。托比和凯瑟琳不可能主动承认的。

“我想对犯错误的同学说，”菲茨杰拉德校长说，将手上的画交给斯科特老师，“希望你们能够鼓起勇气，就像我们的士兵和英雄那样，主动找我或者斯科特老师坦白。还有半天时间。你们，决定着全班同学甚至全校同学是否有机会赢得竞赛。我和评委们都在等待。”

菲茨杰拉德校长又点了点头，然后和安妮一起离开了教室，只留我们坐在教室里，被震惊到哑口无言。

演出占领

“原来朱尔斯昨晚在忙这件事！”奥利维娅说。现在是第一个课间休息时间，我们已经迫不及待地把一切都告诉了她，“我就说爸爸妈妈怎么会让她在外面待到这么晚！”

“我妈妈也是，”桑吉塔说，“我才知道她原来会画画！”

“还有我爸爸和博。”我骄傲地说。

“你觉得他们会承认吗？”奥利维娅问，“托比和凯瑟琳，还有其他帮凶，真的有胆量承认自己做的事情吗？”

“也许会。”南希说。她总是很乐观。

“不可能的，”我说，“难于登天。”

奥利维娅吹出一个口香糖泡泡。“如果他们不承认，害我们失去获胜的机会，那就别怪我们不客气了！他们必须付出代价。”她斩钉截铁地说道。

“等放学的时候见分晓，”桑吉塔说，“如果那个时候他们还不站出来，那他们就是叛徒。”

上午，我们穿上士兵的服装，进行最后一次演出排练。校园里寂静无声，似乎连建筑物都屏住了呼吸。但还是没有人投案自首。时间一分一秒地流逝，距离午休时间越来越近了，所有人的视线都黏在托比和凯瑟琳身上。

“他们是怎么回事？”桑吉塔小声说道。

此时，托比正站在舞台上第三次讲述自己的曾祖父当年有多么英勇。

“他的曾祖父对抗过希特勒和纳粹士兵，凯瑟琳的曾祖母也曾在欧洲救死扶伤！也许该有人提醒他们想想自己的先辈究竟为了什么而战？”

“也许他们不在乎。”我戴着滤锅做的头盔，低声说道。

“可是，他们本应该在乎。”桑吉塔不满地低吼道。

全班同学都不跟托比和凯瑟琳说话了，大家都愤怒地瞪着他们。但他们似乎一点儿都不尴尬，反而乐在其中，甚至对那些瞪他们的人挥挥手，然后窃笑。放学时，我们已经忍无可忍了。

“我们必须把这些懦夫踢出局！”奥利维娅宣布，“我们必须确保他们不能参加演出。桑吉塔，你之前说的那一招是什么？辣椒酱的那个？”

我突然想到那些在敌军战线后方搞突袭的士兵。“等一下，我有一个更棒的主意。”我说。

我们不需要把托比和凯瑟琳踢出演出，因为就像爸爸说的，不该像他们一样，用小伎俩去对付别人。我们可以悄无声息地占领舞台！我快速跟他们分享了自己的想法。

“真疯狂，”奥利维娅说，“但我喜欢！”

“我也喜欢。”德鲁模仿奥利维娅，把双臂抱在胸前。

“我们会惹上大麻烦的，”桑吉塔警告道，“我们很可能会被退学。”

“不会的！”我承诺道，“这将是我们唯一的机会。而且，我们只是利用了自己的时间，并没有抢走别人的台词。我们的展板被破坏了，我们搜集的那些故事，都没有办法出现在电视上了。你的采访也不会播出了，桑吉塔。没有人会认识阿萨·辛格、努尔、英雄利奥，或者奥利维娅的曾祖父！但我们至少可以让学校里的每一个人、每一个家长都认识他们。如果《沃特公报》的记者来了，那他们也能认识这些英雄！说不定还会在头版写一篇专题报道！这样才公平！”

大家都在认真地听我说话。我深吸一口气，接着说道：“我们要做的就是确保没有人看到我们演出服里面穿的衣服。所以，明天上午课间休息时，我们需要反复练习，确保万无一失。演出可以正常进行，我们只需要几分钟就行。来吧，桑吉塔——就算招惹一些麻烦也是值得的！”

做完我这辈子最长的一段演说后，我等待着大家的回应。

“哇哦，利奥！”德鲁赞叹道。

“但是，我怎么办呢？”奥利维娅问，“我不是你们班的，你们能扮演我的曾祖父吗？我发现了一些关于他的事，希望能让所有人知道。”

“你应该自己说，”我立马说道，“你只需要坐在前排，掐好时间冲上舞台，加入我们就可以了。”

奥利维娅笑了。“好，我参与。”

“我也参与。”桑吉塔紧张地拨弄着自己的辫子，“哪怕这样会让我们留堂一辈子。”

“我们可以帮忙，”南希说，“我们可以当这次卧底行动的警戒员。”

“好，”我说，“明天一早在学校碰面。我们只有一天时间练习。”

在南希身后，我看到爸爸正站在校门口找我——他竟然准时到了！真是百年难得一遇。我等不及要给他一个拥抱了，让他告诉我昨天发生的一切。于是我和他们匆匆道别，朝爸爸跑去，张开双臂，用尽全力抱住他。

那天晚上，我们一边吃饺子和甜点，一边听爸爸讲述昨晚的故事：他跑回学校，对我作品受损一事提出了正式投诉，于是菲茨杰拉德校长承诺会深入调查这件事，并且马上联系了《真正的儿童世界》节目组，将此事告知他们；接着，博也说了他是怎么想到可以复刻我们的作品的，以及他如何跑到奥利维娅的家，跟朱尔斯介绍他的计划，朱尔斯又是怎么帮助我们的；然后，妈妈告诉我们，她给桑吉塔的妈妈打了电话，跟她说了博和爸爸正在做的事，于是桑吉塔的妈妈也跑到学校去帮忙布置展板。最后，爸爸说斯科特老师坚持加班到很晚，帮我们重新给肖像画上了色。

在他们说话的时候，我忍不住一次又一次地跳起来拥抱他们——即便这让博的脸色非常难看，还翻了很多个白眼。我已经不再在乎托比和凯瑟琳所做的事了。就连我们失去竞赛资格的事也无所谓了。他们让英雄利奥、努尔和理查德再一次活了过来，这才是最重要的，而他们已经成为我下一步计划中的关键所在。

周五早上终于到了，我们快步朝学校跑去。

“我太紧张了，都有些反胃了。”桑吉塔小声说道，“你看得出来我衣服下面藏了东西吗？”

我摇摇头，但其实我能看到她的校服下面有亮片在闪闪发光。我也感觉肚子不舒服，而且双腿发软，有种晕船的感觉，虽然我们现在在陆地上。

我们昨天已经把这次绝密的“演出占领”任务反复练习了至少五十遍，但我还是忍不住在脑海中一遍遍设想可能出现的问题。如果我说不出话来怎么办？如果我忘了台词怎么办？我以前从未在演出中好好说过台词，可这次我要说一大段！

我们走进教室。斯科特老师、图书馆的戴维斯老师和副校长吉尔老师都来了，在帮大家做准备。同学们的脸上画着黑棕色条纹，戴着装饰了假常青藤叶片的滤锅帽子，握着水枪，背着迷彩夹克和巨大的露营背包。我在衣服上贴了手绘的皇家空军的雄鹰标志，戴上斯科特老师给我找来的一顶帽子。所有人都面色严肃，沉默不语，一身绿色戎装，仿佛真的要投入战斗。

“你的校服看起来有点儿紧，利奥，”戴维斯老师帮我们背上那个超大的背包，包里用废纸和盒子塞得满满当当，“你的也是，桑吉塔。你们该换大一码的衣服了！”

我和桑吉塔同时点点头，互相检查着，确保校服里面的衣服没有露出来。现在要做的就是坚持到登上舞台的那一刻，并且不要紧张得反胃。

“看来大家已经做好准备了！在演出开始前，我要宣布一件特别的事情。”斯科特老师说道。此时，校园的铃声恰好响起，我们全都立正站好，像一支童子军，全神贯注，好奇斯科特老师会说些什么。

“昨天下午，破坏展板的其中一位同学主动站了出来，非常勇敢地承认了错误。”斯科特老师说。

话音刚落，我们马上扭头看向托比，他看起来就像一个假冒的士兵。只见他先是一脸惊讶，然后气恼地眯起眼睛。那个主动承认错误的人绝对不是他！于是我们将头转向另一侧，看向凯瑟琳。只见她低头盯着地板，躲避所有人的目光，尤其是托比的。托比正恶狠狠地瞪着她，似乎想把她从演出中踢出去，甚至踢出地球。

“所以，今天早上，《真正的儿童世界》节目组将会对我们，以及其他参与竞赛的学校的演出进行拍摄。”斯科特老师说道。

我感觉自己惊掉了下巴。桑吉塔低声念叨着：“哦不——”其他同学则无比兴奋地欢呼着。

“老师！老师！那我们还能参加竞赛吗？我们还能获胜吗？”加里大声提问道。

“我不知道，”斯科特老师说，“今晚等大家回家看节目的时候，就能知道结果了。但不管怎样，我为这位承认错误的同学感到骄傲，因为这位同学能为全班着想。我也为你们感到无比自豪。无论结果如何，你们都是我心中的冠军。明白了吗？”

所有人都用最大的声音吼道：“明白，老师！”除了我和桑吉塔。此刻，我们面面相觑。我们是不是应该放弃任务？还要冒着输掉比赛的风险硬着头皮上吗？

“很好。那就跟我来吧，记住——集中注意力，享受舞台！”斯科特老师说完，带我们走出教室。

列队前往礼堂的途中，我们能感觉到其他班的同学都在透过教室的门和窗户偷看我们。我脑袋发胀，心跳得厉害。到底应该怎么做呢？

在观众席的最前排，我看见了桑吉塔的妈妈和奶奶，她们穿着亮色的长裙，还有桑吉塔的爸爸，束着一顶海军蓝的头巾。博坐在他们后面，和朱尔斯并肩坐在一起，朱尔斯正因他说的话“咯咯”地笑得脸都红了。妈妈和爸爸坐在博的另一侧，再过去就是奥利维娅的妈妈和一个男人，应该是她爸爸。他看起来和奥利维娅的曾祖父理查德一模一样，只不过脸上少了一撇小胡子；深棕色的眼睛看起来一样睿智，带着笑意。

我们经过时，家人们都朝我们挥手，笑容满面，然后竖起大拇指。《真正的儿童世界》节目组已经就位，也在朝我们挥手。安妮站在舞台的一侧，旁边是一位没见过的摄影师，舞台的另一侧站着伦尼和凯塔琳娜，他们不停地指着礼堂的各个方向，同时小声说着话。

“好了，所有同学，”斯科特老师对我们小声说道，此时我们已经在幕布后站定了位置，“一切都按照昨天的排练进行。不要管摄像机，也不要在意这个礼堂。记住，无论发生什么，一定要接着演下去。”

礼堂内充斥着脚步声和说话声。这时，菲茨杰拉德校长开始讲话了，礼堂安静下来。我听见校长在说“欢迎”“纪念并赞扬我们的逝者”和“我们四年级的梦幻紫班”！

“利奥？”桑吉塔小声问道，“我们还要这样做吗？”

“对啊，”德鲁也压低声音问，“你们还要不要我发信号啊？”

“我不知道，”我低声说，“我已经混乱了。”

我还没来得及再说些什么，舞台的幕布被徐徐拉开，演出开始了。

爆炸声响起，舞台上的纸板海浪开始移动，示意我们做出下潜、躲避和奔跑的动作，就像敦刻尔克战场上的士兵那样。紧接着，随着一声巨响，全体演员都停止动作，开始聆听加里的故事，然后是克丽的、托比的，一个接一个，终于，我迎来了英雄利奥的时刻！

我喊出最大的音量，让所有人都能听见我的声音：“我是利奥·凯·林！我来自新加坡，我是皇家空军的飞行员。我为英国效力，获得了卓越飞行十字勋章！”

说完，我看向台下，寻找爸爸、妈妈和博的身影，但是舞台上的灯光太强了，我只能看到底下一片黑压压的人头。

接下来是桑吉塔。她穿着黑色夹克，戴着黑色帽子跳了出来，大喊道："我是努尔·伊纳亚特·汗！我曾是印度的公主，后来成为一名英国特工！我因为拒绝向敌军泄露情报，为国牺牲。"桑吉塔本应在这里结束她的台词，但她又加了一句，"我比詹姆斯·邦德还厉害！"

观众席中传来一阵笑声。聚光灯从桑吉塔转向奥斯卡。

我们还没反应过来，演出就接近尾声了，现在，我们所有人应该排成一排，最后一次喊出我们所扮演的英雄的名字。

桑吉塔走到我身边，和我一起站在队伍的最末端，她手臂颤抖着，连带着我也开始发抖。

"利奥？我们要这么做吗？"她急切地问道。报名字的声音离我们越来越近了。

我紧闭双眼，想象着英雄利奥会怎么做。一瞬间，我便得到了答案。

克丽往前迈了一步。"亨利·沃辛顿，我的曾伯父！"她响亮地说道，退后一步回到队伍中。

"哈里斯队长，我妈妈的祖父。"塔尼娅往前跳了一步，说完马上退了回去。

"朱莉娅·迈尔斯，在布莱奇利破译密码。"南希大喊。

"我的曾曾姨妈，路易莎·波特，负责制造弹药。"林赛高声宣布道。

轮到我了。我往前一步。

“利奥·凯·林！”我大吼着，却没有像排练时那样退回到队伍中，而是坚定地站在原地，脱掉戏服、校服外套和衬衫，露出了绿色圆领马来服，“他的名字被刻在罗切斯特大教堂的墙上，他是新加坡人，和我一样。他是我们国家第一位皇家空军飞行员，并且在‘二战’中与同盟军并肩作战。我猜，他也是为国献身的。我无法确定，因为我已经找不到他的故事了，可事情本不该这样。但他的尸骨就被埋在附近，所有人都应该认识他，看望他，并给予他尊重。”

说完最后一个字，我后退一步归队。余光中，我看到德鲁像一只大鸟挥动着翅膀，哑着嗓子喊：“咔——咔唔！”他在给奥利维娅发送信号。

轮到桑吉塔了。她站在队伍的最后，朝我咧嘴笑了一下，往前踏了一步。“努尔·伊纳亚特·汗、阿萨·辛格和R. 辛格！”她大声说道。没有片刻犹豫，她脱下特工外套、校服和衬衫，露出亮绿色的印度传统上衣，衣服上嵌满亮片和闪亮的宝石。她无视台下的惊叹声，接着说道：“以及所有来自印度的男性和女性，他们在世界各地战斗，帮助飞机起飞，在印度工厂制作制服和机器，还有那些本应出现在历史书中却被遗忘的人！”

奥利维娅已经冲上了舞台，现在正身体紧绷地站在我们身边。桑吉塔才刚说完，她就大声地说：“理查德·科乔·莫里斯，我的曾祖父。他和利奥一样是皇家空军飞行员。作为他的曾孙女，我非常骄傲，因为他是一位英雄，他身上的颜色就是我身上的颜色！”

我看着她，等着她把校服脱掉，向大家展示一件来自加纳的服饰——我们当时是这么计划的。但她没有脱掉校服，而是将自己平时穿的白色长袜往下拉。

“看她的腿！”南希说得很小声，但我们都听见了。

就在她用白色长袜盖住的地方，有一大块黑色皮肤和一大块白色皮肤混在一起，让她的腿看起来像一幅卷起来的世界地图。

一时间，大家都不知道该说些什么，做些什么。斯科特老师的嘴巴张得大大的，而菲茨杰拉德校长的眼镜已经滑到鼻尖上了。桑吉塔全神贯注地看着奥利维娅的小腿和膝盖，看得都快要倒立了。奥利维娅的妈妈和爸爸面露微笑，眼中带泪，拥抱在一起，好像在看《英国达人秀》主持人宣布总冠军。

在一片寂静中，德鲁爆发出一声尖叫：“哇哦！这也太酷了！”

似乎所有人都在等待这句话，礼堂中爆发出一阵雷鸣般的掌声，几乎将我们震得耳鸣。

“好啊，好啊，”菲茨杰拉德校长匆匆走上舞台，“多么精彩的表演，让人大开眼界！请向观众鞠躬，孩子们！来，鞠躬！”

掌声和欢呼声更响亮了，持续了很久才渐渐平息。我们骄傲地鞠了最后一躬后走下舞台。

“真是太棒了！”奥斯卡小声地说。奥利维娅已经去找她的同学们了，我们也回到了自己的教室。“我真庆幸自己为你的主题投了票。”

“我也是。”

“我也是！”

原来大家都给我投票了。我从来不知道自己有这么多朋友。我发誓以后要和同学们多聊天，而不是光想着他们会因为我的外貌与他们不一样而不喜欢我。

“好了，孩子们！”斯科特老师大声拍了拍手，走到教室前门，“先不说那意料之外的结尾，”他看了一眼我和桑吉塔，但脸上带着微笑，“大家今天的表现无与伦比！我收到可靠消息，即使我们没有晋级，《真正的儿童世界》也会在节目中播放我们学校的视频。所以请大家用力地为自己鼓掌吧！”

那天放学的时候，所有人都认定我是英雄利奥失散多年的曾孙。桑吉塔开始计划在学校售卖印度传统服饰。而奥利维娅的腿已经出名了，德鲁建议她给自己的腿买一份保险。

“我的曾姨妈上周从牙买加给我打了电话。”奥利维娅说道。现在已经放学了，我们一起朝校门口走去。“她记得我曾祖父的手上有一块白癜风的印记，她说她那时候还以为曾祖父的皮肤里藏着太阳，是他拥有超能力的证明。听到这些话，我就更不想把自己的印记藏起来了。”

“那也太酷了，”德鲁说，“我真希望自己也能有这个印记，光是让人们付费欣赏我的印记，就能赚一大笔钱！”

最后的吼声

那天放学后，以及接下来的一整个周末，我们一家子都在重复观看《真正的儿童世界》的“阵亡将士纪念日特别节目”。我觉得至少看了四十遍。凯瑟琳的坦白来得太迟了，我们错失了获胜的机会，但节目组还是决定给我们班十分钟的独家展示时间。桑吉塔的采访在电视上播出了，就在她说话的时候，英雄利奥的剪报、奥利维娅曾祖父的教堂纪念仪式，以及阿萨•辛格和努尔•伊纳亚特•汗的照片都轮流出现在电视上，占据了整个屏幕。

我深刻地感受到，我成功了！我兑现了对英雄利奥的承诺，让他变得家喻户晓，同时也让奥利维娅和桑吉塔的故事，还有我们班每一位同学的故事都为世人知晓。如果没有英雄利奥，我永远都不会去做这些事。利奥，一个勇敢的人，他让我充满了勇气。

新的一周开始了，同学们都因为学校成功登上电视节目而欢欣雀跃，虽然我们没有获胜。生活渐渐恢复到往常的样子，但又有些不一样了。

斯科特老师继续教我们关于第二次世界大战的知识，他也会提到一些教科书上没有出现的国家和士兵，不再像以前那样照本宣科了。我的父母帮斯科特老师准备了一场专题讲座。桑吉塔的父母给学校图书馆捐赠了许多书籍。奥利维娅的爸爸则说服老师们开展了一次为期半天的特别课程。

现在发生的一切远超我的预期，但没想到，还有更宝贵的礼物在前方等着我。

三周后，圣诞假期的前一天，斯科特老师突然用力捶了一下讲台，宣布我们当天的最后一节课取消了。

我们跟着斯科特老师朝礼堂走去。在礼堂里，奥利维娅和他们班同学一起坐在地上，叽叽喳喳地等待着什么。

“这是怎么回事？”德鲁紧张地问我，“为什么把我们召集起来？我们会不会有麻烦？”

“同学们，请保持安静。”菲茨杰拉德校长慢慢走上舞台，身后还跟着两个我们绝对想不到会再见面的人。

“嘿，看！扬先生！”史蒂夫大喊一声。

“还有博物馆的那个姐姐！”伊夫琳“悄悄”说道，声音大得所有人都能听见。

菲茨杰拉德校长示意我们安静，然后用主持早会的语气说道：“同学们，下午好。”

“菲兹杰拉德校长，下午好——”我们齐声回道。

“现在，记得罗切斯特大教堂的扬先生的同学，请举手。”

每个人都举起了手，包括斯科特老师。

“那大家还记得皇家空军博物馆的弗莱彻女士吗？”菲茨杰拉德校长接着问道。

我们又把手举得高高的。

“很好，请把手放下，”菲茨杰拉德校长说道，“热心的扬先生和弗莱彻女士亲自来到学校，想跟大家说一些激动人心的事。希望所有人都能用心聆听。”

菲茨杰拉德校长走到舞台一侧，弗莱彻女士则走上前来。“同学们好！很高兴能再次和大家见面。”

舞台下，我们两个班级都安静地等待着，一动不动。我能感觉到桑吉塔已经迫不及待地想问出至少十二个问题了。

“我相信大家应该都知道，学校旅行结束后，利奥、桑吉塔和奥利维娅又来过博物馆，想要寻求帮助。”

所有人都扭过头来看我们。

“于是，在那场不太合……常规的来访之后，”弗莱彻女士微笑着看着我，“扬先生和我也加入了他们的队伍。我们搜集了他们想找的那几位士兵的资料。”

天啊，我听到了什么！我盯着弗莱彻女士和扬先生，不敢相信英雄利奥的能量正在让一些我从不敢幻想和奢求的事情发生。

“并且，”弗莱彻女士接着说，“在一些大使馆的帮助下，我们为大家带来了好消息。利奥，请你先上来，好吗？”

南希、桑吉塔和德鲁纷纷推我的背、用手指戳着我，让我赶紧上去。我站起来，朝扬先生和弗莱彻女士走去，仿佛在做梦一般。

“利奥，我很荣幸地告诉你，利奥·凯·林是一位非常优秀且战功显赫的飞行员，他在战场上击落了四十二架敌机，荣获卓越飞行十字勋章。”弗莱彻女士说道。

“四十二架？”我惊讶地瞪大眼睛。

“是‘至少’四十二架！”扬先生悄声补充道。

“遗憾的是，”弗莱彻女士接着说，“由于在最后一次任务中身受重伤，他在战俘集中营里去世了。”

我双手紧握在一起，好让它们不要颤抖得太厉害。有一个疑惑依然没有解开，为什么利奥的名字会出现在大教堂里？

扬先生仿佛看穿了我的心思，往前走了一步，解释道：“他被葬在新加坡克兰芝阵亡战士公墓，但他为英国做出了极大的贡献，所以皇家空军在英国对他进行表彰。在全国最古老的教堂之一，也就是罗切斯特大教堂……”扬先生把文件夹交给我。文件夹是海军蓝色，角落印着皇家空军的标志，几乎感受不到重量。“打开看看。”他说。

我打开文件夹，里面是一张表格的复印件，上面填写了许多汉字，还有一张英雄利奥的照片，和剪报上的是同一张，以及一条长长的白纸，上面有一排凸起的白点，看起来像连绵起伏的山丘。

“利奥，你现在看到的，是他当时申请加入皇家空军提交的表格，”弗莱彻女士解释道，“这是从皇家空军的档案中调出来的，”她指着那张有一串白点的纸，接着说，“这是他用莫尔斯密码发出的最后一份电报，发给他最好的朋友——住在新加坡十一区的黄•凯•林先生。而这个人，你的姑姑苏已经证实，就是你的曾祖父。”

我低头凝视着英雄利奥亲手写的字，还有他发给我曾祖父的电报。“所以，我的名字真的来自英雄利奥？”我问道。

我感觉每一个细胞仿佛都在加速奔跑，我的视线变得模糊。我真希望自己的曾祖父还活着，那他就能亲口告诉我这些了。

扬先生露出笑容。“看起来很有可能。等你解开这个莫尔斯密码，就能知道了！”他捏了下我的肩膀。我的泪水不由自主地滚落下来。

“下一位，奥利维娅！请上台来。”弗莱彻女士从扬先生手中取过另一个文件夹，将它交给奥利维娅，“理查德•科乔•莫里斯也是一位出色的飞行员。他从加纳去到塞拉利昂，在那里加入皇家空军，接受训练，学习驾驶‘飓风’战斗机。他聪明绝顶，学习能力很强，很快就从非洲大陆飞到欧洲的战场，加入战斗，当时能取得这种成就的人寥寥无几。后来，他参与了守卫伦敦的任务，与敌军交火。但很遗憾，他的战机在纳粹德国上空被敌军击落。人们没有找到他的遗体，但他的的确确是一位出色而伟大的军人。我相信，有你这样的曾孙女，他一定会感到非常骄傲。我们从档案中发现他有一个外号，叫‘斑点长官’，因为他患有白癜风。”

奥利维娅的眼角挂着泪珠，然后“噗嗤”一声笑起来，露出我从未见过的最灿烂的笑容。

“最后，桑吉塔同学。”

桑吉塔往前走，但两位老师都没有给他文件。

“很抱歉，桑吉塔，我们没有找到大教堂里的 R. 辛格的真实身份，但我们会继续寻找，我保证。”弗莱彻女士说道，“我们都在努力。不过，我们也有一些非常特别的事情要告诉你。”

扬先生伸出手，他的手心里立着一座小小的白色石雕。这座雕像看起来像是一座伫立在山上的印度神庙。

“扬先生手里的是恰堤立纪念碑的迷你复刻版，这座纪念碑就在英国布赖顿。”弗莱彻女士解释道，“在第一次世界大战中，部分锡克教和印度教士兵曾在那里战斗，后来，很多人受了重伤，在当地去世了。为了纪念他们，人们修建了这座纪念碑。有些士兵在印度有后代，他们的子孙有可能也参与了第二次世界大战。”

桑吉塔接过纪念碑，认真地端详，仿佛在看世界上最大、最稀有的钻石。

“多好啊，”菲茨杰拉德校长说，“同学们，你们觉得将恰堤立纪念碑作为下一次学校旅行的目的地怎么样？”

大家纷纷表示同意，所有人都欢呼着鼓掌，直到集会结束。

那个夜晚是我这辈子最美好的回忆。爸爸妈妈、博，甚至静怡都来帮我破译英雄利奥留给曾祖父的信息。我们找到了一个能解开莫尔斯密码的网站。谜底揭晓后，我们又打电话给苏姑姑，告诉了她所有事情。

苏姑姑也给我们带来了新消息。她在爷爷的旧行李箱里找到了一盒信件，在曾祖父写给曾祖母的一些信里谈到了一位朋友，在曾祖父小的时候，那位朋友救过他一命，后来两人成了一生的挚友。那位朋友名叫利奥，参军后再也没回来。利奥不仅是战斗英雄，也是我们家的英雄，要不是他救了我的曾祖父，我们就没有现在的家了。

我想，一切才刚刚开始。我决定和同学们继续挖掘那些被遗忘的英雄的名字，让他们不再隐匿于老教堂的墙砖上，或尘封在布满灰尘的档案盒中。他们应该在教科书中重生，在展板、电影和舞台上绽放光彩！弗莱彻女士和扬先生说过，他们会帮助我们；《真正的儿童世界》节目组的本、莉莉、安妮和伦尼也说，他们想出一份力。他们发现，还有很多孩子也想知道自己是不是和哪位英雄有血缘关系。

爸爸妈妈说，这个暑假我们就回新加坡看看。这是我长大后第一次家庭旅行，上一次回去的时候，我才像静怡这么点儿大呢。

苏姑姑答应带我去英雄利奥的安息之地，让我当面向他道谢。她还在寻找英雄利奥是否有从战争中幸存下来的后人，所以也许某一天，我能和他们见面。如果真有这样的机会，我一定会邀请他们来英国，然后带他们去大教堂，和英雄利奥打招呼！像他这样英勇如金狮的人所发出的吼声，会在每一个被他们拯救的人心中回荡。他们值得被世人知道，得到人们永远的怀念。

他们献出生命

为国家

不为名利

为自由

不为名誉

——罗切斯特大教堂门上的题词

一起来思考

行动起来，反对偏见

什么是偏见？

偏见就是区别对待或不公平地对待某人（或某特定人群），仅仅因为他们身上存在某些显性的不同。例如，因为如下理由区别对待某人：

皮肤颜色（种族歧视）

国籍（仇外）

说话的方式

宗教信仰（宗教信仰偏执）

文化

衣着

性别（性别歧视）

偏见是无形的，有的人会因为肤色、性别而找不到工作，或得到的酬劳比同工种的其他人少。但任何形式的偏见都是不可容忍的！

讨论：如果你看到有人因偏见而受到欺凌或遭受不公平待遇，你该如何阻止呢？

如果你或你认识的人正在遭受偏见、霸凌，请告知家长、监护人或老师。

破解密码

莫尔斯密码是一种具有节奏感的信号代码。一个短的节拍被称为点，一个长的节拍被称为划。一划的长度与三个点相连的长度相同，一个停顿的长度与一个点的长度相同。

故事中，解开谜团的利奥获得了一条用莫尔斯密码加密的信息——这是英雄利奥·凯·林发给他曾祖父的。如果你想知道这条信息的内容，就请仔细观察每一章的标题，并使用下面的莫尔斯密码表来破译字母和单词吧。

A	·—	B	—···	C	—·—·	D	—··
E	·	F	··—·	G	——·	H	····
I	··	J	·———	K	—·—	L	·—··
M	——	N	—·	O	———	P	·——·
Q	——·—	R	·—·	S	···	T	—
U	··—	V	···—	W	·——	X	—··—
Y	—·——	Z	——··	0	—————	1	·————
2	··———	3	···——	4	····—	5	·····
6	—····	7	——···	8	———··	9	————·
.	·—·—·—						

快来看看你破解的密码对不对吧!

FOR OUR YOUNG TO COME I FLY OLD FRIEND. SPEAK MY NAME. SO I MAY LIVE. PER ARDUA AD ASTRA.[1]（为了下一代，我的灵魂即将陨灭，老朋友。念我的名，我将永存。在逆境中飞向群星。）

你的“金狮”是谁

每个人或许都会在生活中认识一位具有超凡勇气的人。他可能是家族故事中代代颂扬的老前辈，也可能是你现在认识的、

[1] Per Ardua ad Astra 为拉丁语，是英国皇家空军的箴言。

某位你认为值得大力称赞的人。

你可以通过回答下面这三个问题，来让大家了解一下你身边的金狮。

◇ 你的金狮叫什么？

◇ 他／她做了什么事情让你感到骄傲？

◇ 用三个词描述一下你对他／她的感觉。

如果你身边还没有出现这样一头威猛的金狮，别担心！你一定很快就会遇到的。到那个时候，你可以像利奥一样做一些调查，然后再回来翻开这一页。

名字的意义

在威廉·莎士比亚的著作《罗密欧与朱丽叶》中，朱丽叶曾问：“名字有什么意义呢？”

我们一出生就被赋予的名字往往有特定的由来，或带有特殊寓意，这让我们每一个人——每一个名字的持有者——也变得与众不同。

故事中，利奥的冒险就是从一个名字——一个和他一模一样的名字——开始的，这让他意识到也许自己的名字有着非同一般的含义。那么……

你的名字有什么来历？

它有什么含义？

是谁给你起了这个名字？

每次别人唤你名字时，你有什么感受？

你知道和你同名的人中有哪些名人吗？

细数盟军

为了赢得第二次世界大战这场史无前例的大规模战争，许多国家被卷入血雨腥风中。下面所列出的是一些积极支持同盟军的国家。这些国家里可能还有很多我们尚未听说过的故事和英雄的名字。

注意：这份名单并不包括那些保持中立的、与轴心国同一战线的或立场未明就遭到入侵的国家。

阿尔及利亚、澳大利亚、巴林、比利时、孟加拉国（当时的英属印度）、玻利维亚、巴西、喀麦隆（当时的法属赤道非洲）、加勒比群岛、加拿大、中非共和国（当时的法属赤道非洲）、中国、哥伦比亚、哥斯达黎加、古巴、捷克斯洛伐克、多米尼加共和国、厄瓜多尔、萨尔瓦多、埃塞俄比亚、斐济、法国、冈比亚、加纳（当时的黄金海岸）、希腊、危地马拉、海地、洪都拉斯、印度、伊朗、伊拉克、肯尼亚、利比里亚、卢森堡、马达加斯加、马里、马拉维（当时的尼亚萨兰）、马来西亚（当时的马来亚）、马耳他、墨西哥、摩洛哥、缅甸、尼泊尔、荷兰、新西兰、尼加拉瓜、挪威、阿曼、巴布亚新几内亚（当时的巴布亚和新几内亚）、巴基斯坦（当时的印度）、巴拿马、巴拉圭、秘鲁、菲律宾、波兰、俄罗斯（当时的苏联）、萨摩亚、新加坡、南非、韩国（当时的大韩民国）、斯里兰卡（当时的锡兰）、苏丹、特立尼达和多巴哥（当时的加勒比群岛）、突尼斯、乌克兰（当时的苏联）、英国、乌拉圭、美国、乌兹别克斯坦（当时的苏联）、委内瑞拉、越南、赞比亚（当时的北罗得西亚）、津巴布韦（当时的南罗得西亚）。

你知道这些国家的位置吗?

作者的话

有成百上千万人民（光是在中国就有超过一千八百万人）为了赢得第二次世界大战而壮烈牺牲。许多烈士的壮举无人知晓，未被记录，甚至连姓名都没有留下。

第二次世界大战是一次真正的全球团结之战。但我们小时候很难通过课本了解到那些在战争中做出贡献的其他民族的故事，这是十分不幸的。

现在，全世界已经逐渐意识到，历史缺失会带来严重的后果，尽管这个觉醒来得太迟，但我还是希望会有越来越多的真相浮出水面。这真相不应该仅仅来自一个民族或地球上的某一个角落，而应该来自全世界。

这是我的愿望，也是我的吼声。

最后，我要感谢给予我鼓励的人们——我的外曾祖父和其他家人们，以及出版社的编辑和为我提供素材和灵感的陌生人。

感谢罗切斯特大教堂。向一幢建筑表示感谢可能会有点奇怪，但这一次，我一定要说！谢谢你，是你启发了这个故事。感谢每天都与这世上的不公做斗争的儿童和成年人——我希望这本书能让你们从心底感受到自己并不孤单，并且前人的遭遇也不一定会是我们未来的命运。

最后的最后，向每一个英雄故事最伟大的保存者道一声感谢。